Zu diesem Buch

Ein junger, in seine Sprechstundenhilfe verliebter Arzt stößt auf die Spuren einer seltsamen Mordserie. Fünf alte Damen, ehemalige Klassenkameradinnen, haben im Lotto gewonnen und für den Todesfall vereinbart, den Rest des Anteils auf die Überlebenden zu verteilen. Nachdem die erste eines natürlichen Todes gestorben ist, werden nach und nach drei der Freundinnen auf listige Weise ermordet: durch eine Überdosis Herztinktur die erste; durch einen Platzpatronenschuß ins Telefon die zweite; die dritte wird schlicht betäubt und erstochen. Als die Kriminalpolizei nun die letzte Überlebende vor dem Ladykiller schützen will, macht sie eine teuflische Entdeckung.

Ein ungewöhnlicher Krimi, dessen heiter-humorvoller Ton in vergnüglichem Gegensatz zum mörderischen Geschehen steht.

Hans Gruhl, geboren am 25. Dezember 1921 in Bad Altheide/Schlesien, promovierte zum Dr. med. und Dr. phil. Der possierliche Zerstörungswahn seines Langhaardackels inspirierte ihn zu seinen ersten viel gelesenen Büchern: «Liebe auf krummen Beinen» und «Ehe auf krummen Beinen». Die Einkünfte reichten hin, «um die notwendigsten Einrichtungsstücke zu ersetzen und die Umsatzsteuer zu bezahlen». Die geduldige Ausdauer seines Dackels zwang ihn jedoch weiterzuschreiben. Nun vor allem Kriminalromane, die glücklicherweise äußerst erfolgreich waren, so «Das vierte Skalpell», «Nimm Platz und stirb», «Der Feigling», «Die letzte Visite», «Mit Mördern spielt man nicht». Hans Gruhl starb am 11. Oktober 1966 in München.

Hans Gruhl

Fünf tote alte Damen

Roman

*Mit 25 Illustrationen
von
Dietrich Lange*

Rowohlt

Umschlagentwurf Jürgen Wulff

*Ungekürzte Ausgabe
Veröffentlicht im Rowohlt Taschenbuch Verlag GmbH,
Reinbek bei Hamburg, Juni 1971
© Christian Wegner Verlag GmbH, Hamburg, 1960
Satz Aldus (Linofilm-Super-Quick)
und der Palatino (D. Stempel AG)
Gesamtherstellung Clausen & Bosse, Leck/Schleswig
Printed in Germany
ISBN 3 499 11423 2*

Sie war die reizendste alte Dame, die ich jemals gesehen hatte. Meine eigenen Großmütter nicht ausgenommen.

Sie trug eins dieser langen, schwarzen, würdevollen Kleider, wie man sie aus dem Familienalbum kennt oder vom «Maskenball der Jahrhundertwende», der jedes Jahr im Februar zweimal stattfindet, einmal davon zu ermäßigten Preisen für die Basis der Gesellschaft.

Das Kleid saß durchaus auf Taille. Es hatte ein weißes gekräuseltes Lätzchen und schmale Manschetten von der gleichen Machart. Über dem Lätzchen baumelte ein Gehänge von Topasen mit einer Fassung aus der Zeit der letzten Kaiserkrönung. Und über allem war ihr Gesicht. Mild und hoheitsvoll, wie Marzipan, und kaum ein Fältchen darin. Manche Fünfzigjährige hätte der Kosmetikerin eine Prämie gegeben, wenn sie ihr diese Haut hingezaubert hätte. Das Haar war schlohweiß und hochgesteckt, aber es war etwas Junges an der alten Dame, und ich konnte mir vorstellen, wie sie als Backfisch ausgesehen hatte, als sie beim Konfirmandenunterricht kicherte und den Leutnants auf der Straße nachsah. Ihre Augen schienen sonst fröhlich zu sein und voller Wohlwollen, als hätte sie in zweiundsiebzig Jahren keine Enttäuschung erlebt und keinen bösen Gedanken gedacht. Aber im Moment waren sie voll von Sorge und Furcht. Ich hatte mich überschlagen vor Eile. Es sah aus, als wäre ich wieder mal zu spät da und umsonst.

Ihre Hand war kühl und weiß wie Porzellan. Ich nahm meinen Hut ab, ein neues Modell zu fünfunddreißig Mark, auf das ich stolz war.

«Oh, Herr Doktor! Wie nett von Ihnen! Bitte, kommen Sie!» Ich zog den Kopf ein, wie ich es immer tat, obwohl die Türen in diesem Teil der Stadt meist höher waren als meine Einmeterfünfundneunzig. Die Diele war ein großes dunkles Hufeisen, wie geschaffen zum Stromsparen und mit wenig Ozon. Die alte Dame fand mit der Sicherheit eines Schlafwandlers eine Tür und öffnete sie weit. Helles Licht fiel heraus.

Ich trat vorsichtig über die Schwelle und sah mit blinzelnden Augen in den alten Kristallüster. Wir standen in einem Salon, wie auf der Bühne im ersten Akt eines Gesellschaftsstückes. Matte, massive Eichenmöbel in unserem furnierten Zeitalter, an der Decke verschnörkelter Stuck, Englein mit einer Art von Hakenkreuzen, eine nette Mischung. Vor dem linken Fenster stand das obere Drittel von Goethe aus Stein auf einem steinernen Sockel und sah mich aus Olympieraugen an. Die Wände steckten hinter einer dunkelgrünen Bespannung, unterbrochen von Holzleisten. Neben Goethe stand ein

Flügel mit aufgeschlagenem Deckel und abgegriffenen Tasten.

L. Bechstein. 1904.

Vier Türen gingen ab. Die alte Dame öffnete die hintere Tür auf der linken Seite. Ich trat hindurch und sah, daß wir am Ziel waren.

Es war ein kleines Zimmer mit einem Geruch nach Baldrian und einem Haufen nicht eingenommener Medizin in der Schublade. Und etwas von Alter und Tod.

Eine schmale Balkontür führte hinaus. Durch das Glas sah ich Blumenkästen und grünes Gewirr und hängende Blüten. An der linken Wand standen ein Schrank, ein Sekretär, zu allem geeignet, nur nicht zum Schreiben, daneben ein Topf mit einer düsteren Blattpflanze.

Das Bett stand rechts an der Wand. Hochbeinig, hohe Bretter an Kopf und Fuß, hohe Kissen. Ich sah die alte Dame zum zweitenmal.

Das gleiche Gesicht. Die gleichen Hände. Sie waren auf der Brust gefaltet, und zwischen den Fingern wanden sich die Perlen eines Rosenkranzes. Kein Unterschied zwischen der Farbe des Gesichtes und der des Nachthemdes.

Ich hörte ein Geräusch hinter mir, zu laut für ein Atmen und zu leise für ein Schluchzen.

«Ist - ist sie schon -?» fragte die alte Dame, die noch lebte.

Ich wußte es noch nicht und schwieg. Meine Besuchsmappe war neu, wie meine ganze Praxis. Sie roch intensiv nach Leder und knirschte beim Öffnen. Aus dem Durcheinander von Besuchsbuch, Rezeptblöcken, Spritzen- und Ampullenschachteln fischte ich mein Stethoskop heraus. Es war von meinem Vater, mit roten, stark brüchigen Gummischläuchen und federnden Bügeln, die einem die Oliven unangenehm hart in die Ohren preßten. Die Membran am Ende der Schläuche trug auf der Rückseite einen kleinen Trichter, man konnte sie umkippen und das eine oder andere benutzen, aber sehr viel hörte man mit keinem von beiden. Immerhin sah es sehr ärztlich und eindrucksvoll aus, und an die Nebengeräusche hatte ich mich gewöhnt.

Vorsichtig nestelte ich die Knöpfe am Nachthemd der alten Dame auf, ohne die stillen Hände mit dem Rosenkranz zu stören. Ich setzte die Membran auf die blasse Haut neben das Brustbein. Mit der linken Hand griff ich nach dem Puls. Ich hörte nichts und fühlte nichts. Die alte Dame hinter mir wagte nicht zu atmen, und die im Bett tat es nicht mehr.

Während ich lauschte, sah ich über die Nachttischplatte. Ein Taschentuch lag auf der gehäkelten Decke, daneben eine Bibel mit Goldschnitt und Lesezeichen. Zwei Tablettenschachteln, eine mit Knoblauchpillen «Lebenskraft» und eine mit Schlaftabletten, von denen man alle auf einmal nehmen mußte, um gegen Morgen in unruhigen Schlummer zu versinken. Dann war noch eine Flasche da, Digitalistinktur für das Herz, das nicht mehr schlug. In der Mitte hingen ein paar Mimosen in einer knospenförmigen Vase, und ein paar der gelben Kugeln waren heruntergefallen und tot.

Alles das sah ich mit einem Blick - und noch etwas.

Ein Bild. Querformat in einem verschnörkelten Silberrahmen. Fünf junge Mädchen waren darauf, aber sie hätten keine Titelseite für eine Illustrierte von heute abgegeben. Arm in Arm, steife Glieder und steife Gesichter, auf denen die Anstrengung der Zwei-Minuten-Belichtung zu erkennen war. Weiße, dreiviertellange Kleider mit breiten Schärpen und Propellerschleifen hinter den Hüften. Unten hatte der Fotograf mit deutscher Schrift unterschrieben, Hermann Jagow, Kunstlichtbildatelier. So sah es auch aus. Ein Jugendbildnis aus der guten alten Zeit, höhere Töchter mit Hoffnung auf die standesgemäße Partie.

Ich ließ das Handgelenk los, nahm die Membran weg und die Oliven aus meinen schmerzenden Ohren. Vorsichtig hob ich das Oberlid ihres rechten Auges an. Die Pupille war weit, die Iris grau, verwaschen, mit einem weißlichen Altersring darum. Ich angelte nach meiner Taschenlampe. Nichts rührte sich unter dem Lichtstrahl. Der graue Kreis blieb starr. Ich schob das Lid zurück über den eingesunkenen Augapfel. Dann stand ich auf.

«Gnädige Frau», sagte ich mit trockenem Hals, «ich muß leider - es ist so, wie Sie sagten.»

Die alte Dame faßte sich an ihr weißes Lätzchen. Die Finger zitterten.

Sie blieb aufrecht stehen, nur ihre Lippen wurden fahler.

«Meine arme Jenny», flüsterte sie.

Ich stand ratlos herum. Um irgend etwas zu tun, ergriff ich einen der unbequemen Stühle.

«Wollen Sie sich -»

Sie antwortete nicht. Ich stellte den Stuhl hin und wartete. Als nichts geschah, fing ich wieder an.

«Ich warte gern draußen, wenn Sie allein sein möchten», sagte ich. Sie brauchen -»

Sie bewegte sich plötzlich.

«Nein. Bleiben Sie nur, Doktor. Ist sie wirklich tot?»

«Ja», sagte ich.

Die alte Dame atmete tief ein. Ich brachte meine Beileidsformel heraus und ein paar Trostworte, mager wie die Hand der Toten.

«Meine arme Jenny», flüsterte die alte Dame.

Plötzlich wandte sie mir ihr Gesicht zu. «Ich will Sie nicht unnötig aufhalten, Herr Doktor. Sicher müssen Sie auch noch etwas wissen, wegen - wegen dieses Scheines -»

Ihre Haltung erstaunte mich. Ich hatte eine größere Szene erwartet. Statt dessen war sie so nett, an den Totenschein zu denken. Man lernt nie aus.

Wir setzten uns hinaus in den Theatersalon vor den Bechsteinflügel und neben Goethe. Die alte Dame sprach mit klarer Stimme.

«Sie war schon ewig lange in Behandlung mit dem Herzen. Bei Doktor Harding - Sie wissen sicher -»

«Ich habe die Karteikarte gesehen», sagte ich.

«So.» Mir war, als hätte sie mir einen schnellen Blick zugeworfen, aber ich war nicht sicher.

«Ja - in der letzten Zeit ging es eigentlich ganz gut - früher, da hat sie Spritzen gebraucht, ich weiß nicht mehr, wie viele, ein paarmal war sie zur Kur -»

Sie verstummte. In irgendeinem Stockwerk spielte ein Radio.

Dort lebten sie noch.

Ich fragte: «Was hat sie eingenommen in der letzten Zeit? Nur das Digitalis?»

Sie nickte. «Nur das. Zweimal acht Tropfen am Tag, wie Doktor Harding es gesagt hat. Und dann ihre Schlaftabletten. Aber nur manchmal. Oft schlief sie auch so.»

«Hm», machte ich. «Wie ging es ihr gestern?»

Ihre zerbrechlichen Schultern hoben sich. «Eigentlich gut. Sie war auf, hat auch gegessen -»

«Manchmal geht es leider furchtbar schnell», sagte ich. «War sie ganz allein hier?»

Ich wußte, daß die Schwestern nicht zusammen gewohnt hatten. Schwestern ziehen oft zusammen, wenn ihre Männer tot sind, wegen der Einsamkeit, oder noch häufiger, um Geld zu sparen, auch wenn genug davon da ist. Ich kannte solche, und sie stritten sich herum, wie sie es als Kinder auch getan hatten.

«Nein», antwortete die alte Dame. «Sie hat zwei Zimmer vermietet. Fräulein Dachsfeld kümmerte sich sehr nett um sie. Ihre Aufwartung kam dreimal in der Woche. Und ich habe natürlich -»

«Natürlich», sagte ich.

Sie schluckte. «Und heute abend - da habe ich gleich angerufen -»

Ich zog das Formular aus meiner Mappe.

Alles ganz klar. Keine Sensation, alltäglicher Fall.

Ein altes Herz, das aufgehört hatte zu schlagen.

Sie sagte mir die Personalien.

Jenny Herwig. Geboren am 15. Januar 1888. Die alte Dame hatte den gleichen Gedanken wie ich.

«Nächstes Jahr hätte sie ihr Zweiundsiebzigstes erlebt. Zusammen mit mir. Und nun -»

Ich schrieb weiter. Ich kannte auch ihre Karteikarte und wußte Bescheid. Sie waren Zwillinge.

Ich wurde schnell fertig. Grundleiden, unmittelbare Todesursache. Verdacht auf unnatürlichen Tod? Nein. Ich drückte meinen Stempel darunter und unterschrieb, unleserlich wie immer.

Das war ich meinem Beruf schuldig.

«Sie müssen ihn dem Bestatter übergeben, gnädige Frau», sagte ich. «Er sagt Ihnen alles weitere. Kann ich sonst noch irgend etwas tun?»

Sie schien mich loswerden zu wollen.

«Nein, nein, vielen Dank - ich habe Sie so spät noch -»

«Das macht gar nichts», log ich mit freundlicher Miene. «Darum machen Sie sich bitte keine Sorgen. Wenn irgend etwas ist - nur anrufen.»

Sie gab mir die Porzellanhand.

«Vielleicht komme ich zur Untersuchung zu Ihnen. Die ganze Aufregung und -»

Sie war Privatpatientin wie ihre Schwester.

«Das wäre wirklich nett von Ihnen», sagte ich. «Wenigstens Sie sollen Ihren achtzigsten Geburtstag feiern.»

Sie lächelte schwach. Sie schien nicht überzeugt davon. «Auf Wiedersehen, Herr Doktor. Ich danke Ihnen.»

Ich murmelte noch etwas. Wir gingen hinaus auf die dunkle Diele. Der steinerne Goethe blickte mir nach. Die Wohnungstür schlug zu. Die Treppe drehte sich spiralig nach unten und roch nach altem Öl.

Über der Straße hing ein halber Mond mit einem kalten Hof von Licht. Ich warf noch einen Blick hinauf, wo die alte Dame mit ihrer toten Schwester allein war. Mir war, als wäre ich aus dem vorigen Jahrhundert wieder aufgetaucht in meine Welt von heute und als wäre ich lange weggewesen.

Ich wachte auf aus einem Traum, der irgend etwas mit dem vergangenen Abend zu tun hatte. Ein paar flaue Lichtstreifen fielen durch die Ritzen des Rolladens über mein Bett. Ich sah auf die Uhr. Halb acht.

Ich kreuzte die Hände hinter dem Kopf und dachte nach. Den Traum bekam ich nicht mehr hin. Ich sah die alte Dame, Goethe und das Klavier und die muffige Dunkelheit. Ich überlegte mir jede Minute meines Besuches, ohne zu wissen warum. Ich hatte plötzlich das Gefühl, als wäre bei allem von gestern abend etwas Merkwürdiges gewesen, seltsame Dinge, die nicht dorthin gehörten. Ich fand es nicht wieder. Einbildung wahrscheinlich. Als ich noch einmal nachzudenken versuchte, fing mein Wecker zu lärmen an, hoch, schrill, endlos.

Ich ließ ihn auslaufen, um die Feder zu schonen. Dann kippte ich ächzend die Beine über den Rand des Bettes, wischte mir eine Träne aus dem rechten Auge und fuhr in meine Filzlatschen.

Während des Waschens dachte ich daran, daß Mittwoch war, von den Besuchen abgesehen ein freier Nachmittag, und meine Laune stieg um ein paar Grad.

In der Küche setzte ich das Teewasser auf, und es kochte, als ich angezogen war. Ich briet mir Schinken und Eier, wie jeden Morgen, es ging schnell und machte wenig Arbeit. Dann aß ich und las dabei in der Zeitung, daß von sieben Menschen auf der Erde nur einer satt würde und daß es einen Haufen hungriger Gebiete gäbe. Also war ich mit meinem Junggesellenfrühstück noch gut dran.

Ich trank in Ruhe eine zweite Tasse Tee. Dann stellte ich das Geschirr in den Ausguß, damit sich meine fleißige und ehrliche Aufwartung seiner annehmen könnte. Wenigstens hatte ich mit diesen Worten annonciert; und sie hatte sich gemeldet. Jedesmal, wenn sie mich erwischte, machte sie mir klar, was ich als Unverheirateter alles versäumen würde, und ich sah sie an und glaubte ihr. Sie nahm immer Rezepte für den ganzen Häuserblock mit und zählte auch alle Krankheiten auf, die dort grassierten, aber sie hielt die Bude leidlich in Ordnung. Umsonst ist nichts.

Ich band einen vornehmen Windsor-Knoten in meine Krawatte, zog meinen Mantel an und ging zur Praxis hinüber. Ich brauchte bloß über den Flur. Wohnung und Praxis lagen sich im Erdgeschoß des Hauses gegenüber, enorm günstig für einen Langschläfer wie mich.

Im Sprechzimmer zog ich den Vorhang zurück und öffnete einen Fensterflügel. Das Licht überschwemmte den weißen Lack der Einrichtung, und die Instrumente glitzerten freundlich, obgleich sie noch nicht bezahlt waren.

Mein Sprechzimmer war nicht groß, aber gemütlich, und die Leute wurden schnell warm darin. Sie kamen in einen Stuhl an der rechten Seite des Schreibtisches, zwanglos, aber nicht zu bequem, um ihnen das Aufstehen zu erleichtern. Ich selber hatte einen Bürosessel, in dem man nach hinten kippen und ausruhen konnte, wenn einer seine Beschwerden zu endlos schilderte. Der Schreibtisch strahlte in Weiß. Auf der Platte hielt ich entgegen meiner Veranlagung leidliche Ordnung, um als ordentlicher Mensch größeres Vertrauen zu erwecken. Neben dem Patientenstuhl stand ein kleinerer Tisch mit Glasplatte, darüber hing ein niedlicher Wandschrank, und beides bot genügend Platz für die Sachen, die ich laufend und immer brauchte. Auf den

Platz, der zur Tür hin noch übrig war, hatte ich meine Waage hingestellt, und dort konnten wohlsituierte Damen seufzend feststellen, daß es wieder zwei Kilo mehr geworden waren.

Hinter mir an der gegenüberliegenden Wand stand das Untersuchungsbett. Dann kam ein beachtlicher Instrumentenschrank, ein Traum aus Metall und Glas, fürchterlich teuer, und darin lagen sauber aufgereiht und in völliger Ruhe die Instrumente und Geräte, die kaum oder nie gebraucht wurden. Von manchen wußte ich nicht einmal genau, wozu sie da waren, aber sie flößten den Leuten Ehrfurcht ein und leichte Besorgnis. Und schließlich stand neben dem Schrank ein staubbedecktes Bücherregal mit ebenso staubbedeckten Büchern. Sie stammten größtenteils aus der Studienzeit meines Vaters, und was darin stand, war ebensowenig neu wie die Einbände. Aber für den Laien sahen sie aus, als wäre das gesamte medizinische Wissen der Welt in ihnen enthalten.

Auf dem obersten Brett stand stumm und allein der Totenschädel, an dem mein Vater und nach ihm ich die Anatomie des knöchernen Kopfes gelernt und wieder vergessen hatten. Mitsamt dem Regal gab er einen schönen Gegensatz zu dem sterilen Weiß ab, und die Leute warfen ängstliche Blicke nach ihm. Wahrscheinlich dachten sie daran, wie sie eines Tages aussehen würden.

Ich setzte mich in meinen Kippstuhl, riß das Kalenderblatt mit dem gestrigen Datum ab, rückte den Tagesstempel um eine Nummer weiter und probierte ihn auf dem Blatt aus. Dann prüfte ich die Rezepte und Formulare und stempelte mir einen neuen Vorrat von Überwei-

sungsscheinen. Als ich fertig war, zog ich mir den Kasten mit der Privatkartei heran.

Der Bestand an Privaten war äußerst mager. Kein Wunder. Erst seit einer Woche saß ich auf dem Kippstuhl in diesem Zimmer. Doktor Harding war plötzlicher gestorben, als es sich für einen Arzt gehörte. Er ruhte jetzt inmitten seiner dankbaren Patienten, und nach einigem Kampf mit dem Zulassungsausschuß hatte ich mein Firmenschild an der Stelle anbringen dürfen, wo vorher seines gewesen war. In einem Anfall von Deutschtum haben meine Eltern mich Michael genannt, und dazu heiße ich auch noch Klein, trotz meiner unangenehmen Länge.

Auf Grund des mageren Bestandes fand ich die Karte von Frau Jenny Herwig schnell wieder. Sie war abgegriffen, und das rote P auf der linken Ecke war verblaßt. Unter die Personalien hatte Harding in Stichworten die Vorgeschichte hingeschrieben, ganz genau, von den Masern angefangen. Aber die Hauptsache war das Herz. Beratung, eingehende Untersuchung, EKG, Besuch, Digitalis, wieder EKG, wieder Digitalis, und weiter so, von Datum zu Datum. Zuletzt nur noch Besuche und Rezepte, ein halbes Jahr. Eine ergiebige Krankheit, das konnte man sagen. Und jetzt, wo ich an der Reihe war, mußte sie sterben.

Ich schämte mich dieser Gedanken nicht, sondern machte noch einen Eintrag.

15. Mai, Nacht-Eilbesuch, 21 Uhr 30. Exitus let. Diagnose: Schwerer Herzmuskelschaden, absolute Arrhythmie, Herzstillstand. Totenschein ausgestellt.

Eine Weile noch starrte ich die Karte an und meine Schrift. Ich dachte wieder an gestern, an das dunkle Haus mit der toten Frau und an meinen Traum. Er war jetzt vollständig weg, verwischt, nur ein Fetzen noch da. Von leeren Flaschen hatte ich geträumt, aber davon träume ich oft und wünsche, sie wären voll, kein Grund zur Aufregung.

Ich schob die Karte zurück und fingerte unter dem Buchstaben L herum, bis ich hatte, was ich suchte.

Agnes Lansome.

Die alte Dame. Die Schwester der Toten.

Mr. Lansome war Engländer gewesen und in London gestorben, so stand es auf der Karte. Seine Frau war in die Heimat zurückgekehrt und hatte Whisky und Whistspiel hinter sich gelassen. Den Krieg hatte sie aber noch auf englischer Seite hinter sich gebracht, was ohne Zweifel von Vorteil gewesen war. Jetzt wohnte sie in der Kreuzallee 11. Ich kannte die Straße und konnte mir vorstellen, wie das Haus aussah. Erkertürmchen und Eingang für Lieferanten. Dort paßte sie hin. Wie eine schottische Herzogin in ihrer Burg, betreut von einem Butler und sieben Zofen.

Sehr oft war sie nicht bei Harding gewesen. Es waren viel weniger Eintragungen auf der Karte als bei Jenny. Schien die Gesündere von beiden zu sein. Jetzt sowieso.

Draußen klappte die Tür. Dann wurde meine aufgerissen.

«Morgen, Carla», sagte ich.

«Ach herrje! Guten Morgen! Sie sind schon da?»

«Ich bin schon da», gab ich zu.

«Seit wann denn?»

«Seit gestern abend. Ich habe die ganze Nacht hier gesessen und geweint, weil Sie mich verlassen.»

Carla Höflich schloß die Tür. Sie war klein, mager, hatte eine gelbliche Gesichtsfarbe und die Züge einer Maus, die gerade vor der Katze erschrickt. Sie war Doktor Hardings Sprechstundenhilfe gewesen. Ich hatte sie übernommen und anderes Inventar mit ihr, aber ihre Zeit war um. Sie war alt genug und hatte genügend Versicherungsmarken geklebt, um aufhören zu können.

«Haben Sie schon jemanden?» fragte sie.

«Mitnichten», sagte ich. «Heute nachmittag wollen sich zwei präsentieren.»

«Gleich zwei?»

«Jawohl. Man reißt sich um Ihren Posten.»

«Ach, du lieber Gott! Na, ich ziehe mich um.»

«Tun Sie das», sagte ich, steckte die Karte der alten Dame in den Privatkasten zurück und schwenkte mit meinem Universalstuhl herum. «Übrigens – Frau Herwig ist gestern abend gestorben. Jenny.»

Carlas Gesicht wurde noch gelber.

«Was?»

«Ja, sie war so frei.»

Sie sah mich an, als hätte ich die alte Dame kaltlächelnd umgebracht.

«Na, wenn das Doktor Harding wüßte!»

«Sie wird's ihm jetzt erzählen», sagte ich.

Carlas Gestalt war ein einziger Tadel.

«Ihnen fehlt jede Ehrfurcht, Doktor Klein!»

Ich nickte.

«Weiß es Frau Lansome?»

«Sie hat sie gefunden», sagte ich.

«Die Ärmste. Sie haben sie doch hoffentlich getröstet?»

«Ich habe es versucht. Sie sah nicht aus, als ob sie Trost brauchte.»

Carla starrte den Totenschädel an.

«Ja, sie ist sehr – sehr beherrscht, möchte ich sagen. Ihre Schwester war viel wehleidiger.»

«Das macht die englische Schule», sagte ich. «Dort wird weniger gejammert und weniger nach anderen Leuten geschielt als bei uns. Ich höre Kundschaft, Fräulein Höflich. Wollen wir?»

Sie verschwand. Bald darauf erschien sie in Weiß und mit dem ersten Patienten. Es war ein alter Seemann, pensioniert, und mit viel Liebe zum Meer und zum Grog. Er kannte sämtliche Rumsorten der Welt und hatte mir die besten empfohlen.

Ich sah mir seine Kniegelenke an, wie jeden Mittwoch, und dann erzählten wir noch ein bißchen von der See und den Lokalen in verschiedenen Häfen.

Der Vormittag verging ohne Sensationen. Während Carla aufräumte, und die Spritzen reinigte, aß ich zu Mittag. Die Aufwartung ging hinüber, die Praxis zu polieren. Ich machte mit meinem betagten Volkswagen ein paar Besuche und überlegte mir dabei, wie lange es dauern würde, bis ich mir ein Auto kaufen könnte, in dem ich die Knie nicht unmittelbar unter dem Kinn stehen hatte. Meine Länge hatte mir schon allerhand Strapazen eingebracht. Als ich fertig war, trank ich in Ruhe Kaffee. Kurz vor vier ging ich rüber, bezahlte meiner fleißigen und ehrlichen Aufwartung ihre Stunden und setzte mich an den staubfreien Schreibtisch. Nicht mehr lange, und die Damen würden erscheinen.

Es gibt verschiedene Arten von Sprechstundenhilfen.

Erstens die, die den Betrieb binnen kürzester Frist übernehmen. Weil sie meist keine Chance mehr haben, selbst einen unverheirateten Brotherrn vom rechten Wege abzubringen, verschwenden sie mit derartigen Bemühungen keine Zeit, sondern streben die Alleinherrschaft auf schnellstem Wege an. Sie setzen die Reihenfolge der Patienten fest, teilen einem mit, wer heute unbedingt zu besuchen und bei wem es weniger wichtig wäre, klatschen mit den Patienten, die ihnen liegen, stoßen die vor den Kopf, die sich ihrer Gunst nicht erfreuen und trinken Kaffee, wann sie wollen. Brüllt man sie an, weisen sie darauf hin, daß sie immerhin schon dreißig Jahre im Beruf und einen derartigen Ton nicht gewöhnt wären.

Hat man einmal ihre Gunst verscherzt, ist es aus. Sie murmeln hörbar vor sich hin, ‹das wäre bei Doktor Soundso nie passiert!›, wenn man mit der Nadel mal eine Vene verfehlt, und sie erzählen laut im Wartezimmer, daß der Doktor zwar noch sehr jung wäre, Gott, fast zu jung für diese Verantwortung, aber er gäbe sich alle Mühe.

Die zweite Gruppe stellen die, die jung und wenig belastet von Kenntnissen von ihrem Institut kommen, aber dafür genau in der Kosmetik Bescheid wissen und den Beruf des Arztes als immer noch am sichersten in der Krise ansehen. Sie geben sich Mühe, bei sämtlichen Handreichungen so oft wie möglich mit einem zusammenzustoßen, und leisten die Hälfte, wenn man die Frisur am Morgen nicht wieder einmalig findet. Sie haben auch privat Zeit und kochen den Kaffee und bügeln das Hemd. Die ganze Begeisterung erlischt schlagartig, wenn sie einen mit einem anderen Mädchen zu Gesicht kriegen.

‹Alles hat man für ihn getan. Und nun geht er mit einer anderen.›

Ja.

Dann gibt es solche, an denen eigentlich eine Ärztin verlorengegangen ist, aber leider konnte die Schule nicht zu Ende besucht werden, und nun wird das ganze Leben unter der Zurücksetzung gelitten. Das Leid verwandelt das Gesicht wie das einer Tragödin kurz vor ihrem gewaltsamen Ende, und man tritt unwillkürlich leiser auf und flüstert nur noch, um die Leidende nicht noch mehr zu beschädigen.

Selbstverständlich gibt es auch patente Mädchen, aber die sind rar, und eine Goldgrube war mein Laden nicht.

Das Angebot war sowieso nicht groß. Ich war gespannt, woran ich geraten würde.

Die erste erschien zehn Minuten nach vier.

Sie war Mitte Vierzig, hatte strähniges Haar und einen Knoten. Ich hatte Verdacht auf Gruppe drei. Es war noch schlimmer. Sie hatte vier Semester Medizin studiert, aber die Prüfung war irgendwie hinderlich gewesen. Sie warf mit lateinischen Ausdrücken um sich und sagte, daß ihr letzter Chef sie unter Tränen gebeten hätte, bei ihm zu bleiben, aber die Fälle seien ihr nicht interessant genug gewesen, keine Möglichkeit zur Weiterbildung. Ich bedauerte sie und sagte, ich könnte erst in den nächsten Tagen Bescheid geben, da sich sechs Damen angemeldet hätten.

Die zweite folgte auf dem Fuße, war ungeheuer dick, ungeheuer gutmütig, aber sie ließ ihre Handtasche viermal während unserer Unterredung fallen. Ich hob sie ihr auf und überlegte, wie viele Spritzen in einem Jahr neu angeschafft werden müßten, und fragte mich, wie es die Patienten anstellen würden, auf dem Gang an ihr vorbeizukommen.

Ich entließ sie mit aufmunternden Worten. Dann blieb ich in meinem Stuhl hocken und beklagte mein Schicksal. Carla ging am Ende der Woche, unwiderruflich und ohne Erbarmen. Dann saß ich da. Wenn sich niemand mehr meldete, blieb nur die Dicke oder die verhinderte Frau Professor. Ein hartes Los.

Es war zwanzig Minuten nach fünf, und ich wollte aufstehen und raus. Da klingelte mein Telefon in die traute Stille.

Ich zögerte und überlegte mir, daß es mein Recht wäre, am Mittwoch nachmittag nicht da zu sein. Dann dachte ich an meine wenigen Scheine und hob den Hörer ab.

«Klein», sagte ich.

«Hier ist Groß», sagte eine Stimme. Es war die einer Frau, nicht übel anzuhören, nicht atemlos und umgeben von Geräuschen einer Telefonzelle. Ich überlegte, wer von meinen Bekannten wieder einen dummen Witz mit mir machen wollte.

«Hahaha», machte ich.

«Was soll das?» fragte sie.

«Ich habe schon bessere Witze gehört», sagte ich matt. «Bist du es, Inge?»

«Nein, ich bin nicht Inge.» Sie schien leicht empört. «Ich heiße Groß - Sie haben doch annonciert wegen einer Sprechstundenhilfe - sind Sie das nicht?»

«Ich bin es. Aber wenn ich mich recht erinnere, meine Dame, hatte ich gebeten, sich bis fünf Uhr einzufinden.»

«Ist es denn schon fünf?»

Guter Gott, dachte ich.

«Es sieht auf meiner Uhr so aus.»

Ich hörte sie hastig atmen.

«Ach - ich habe den dummen Bus verpaßt -»

«Ich weiß», sagte ich. «Und die Schularbeiten sind auch noch nicht ganz fertig geworden. Wo sind Sie denn?»

Sie nannte eine Straße, die zehn Minuten entfernt war.

«Na, dann bewegen Sie sich her mit a. K. -»

«Mit was, bitte?»

«Mit äußerster Kraft heißt das.»

«Ach, Sie waren bei der Marine?»

«Ja.»

«Oh, fein.»

Mir begann die Spucke wegzubleiben.

«Freut mich, daß ich Ihre Waffengattung getroffen habe», sagte ich. «Und nun lassen Sie den Nächsten in die Zelle, und kommen Sie. Nach acht klingeln Sie bitte in der Wohnung.»

«Sie sind gar nicht nett», sagte sie und hängte auf.

Ich blieb sitzen, drehte mich langsam und sah meinen Schädel auf dem Regal an.

«Hast du so was schon mitgemacht?» fragte ich ihn.

Zehn Minuten später klingelte es draußen wie die Funkstreife, die einen Unfall bringt. Ich erhob mich und öffnete die Korridortür.

Ich sah in ein erhitztes Gesicht mit dem Lächeln eines routinierten Lausbuben. Das Haar darüber war kurz, schwarz und mäßig zerwühlt. Die Augen hatten eine Farbe von glimmendem mittlerem Blau und strahlten durchaus unbekümmert, trotz der Verspätung. Die Nase richtete sich leicht nach oben. Sie schien geschaffen zum Hochhalten, und darauf und über der Nasenwurzel saßen ein paar Sommersprossen. Die Schläfen zogen sich ganz leicht nach innen, und in die Stirn ragten einzelne Spitzen der gestutzten Mähne wie Federn eines Vogels, der durch den Sturm gesegelt ist. Das Ganze gehörte einem Mädchen, das mir bis zum Kehlkopf reichte. Sie war nicht volljährig, soweit ich sehen konnte, aber die übrige Entwicklung war durchaus abgeschlossen, und sie sah kräftig aus und gesund wie ein ganzes Seebad.

Sie trug ein wirrbuntes Halstuch, einen roten Pullover und einen weißen Rock von der heute üblichen Länge. Die Kniescheibe lag gerade noch im Dunkeln. Ich widerstand der Versuchung, noch tiefer nach ihren Beinen zu schielen, um nicht gleich an Terrain zu verlieren.

Gruppe zwei meiner Rangliste, wie ich annahm. Schwarzer Tag heute. Immerhin...

«Gott zum Gruße», sagte ich und gab ihr die Hand. «Fein, daß Sie die Klingel losgelassen haben.»

Ihr Händedruck war nicht zimperlich. Sie hielt die Flaumfedern schief.

«Ging es nicht schnell, wie?»

«Fabelhaft», erwiderte ich. «Kommen Sie.»

Ich ließ sie ins Sprechzimmer vorangehen, um die Beine nachzuholen. Ich bin eine Art Beinfetischist und verstehe was davon. Mit dem Anbruch eines Blickes sah ich, daß ich hier alles zusammennehmen mußte, um sachlich zu bleiben. Der kurze Rock hatte seine Gründe.

Das Mädchen blieb nach ein paar Schritten stehen, streckte den Arm gegen meinen Totenschädel aus und rief: «Huh! Wer ist denn das?»

«Mein Kompagnon», sagte ich. «Er war Fußgänger. Hierhin bitte.»

Sie setzte sich und schlug die Beine übereinander. Mühsam behielt ich den Blick oben.

«Also, Fräulein -»

«Groß», sagte sie und lächelte wie vorhin an der Tür.

«Ja. Wo sind Sie denn vorher gewesen?»

«Noch gar nicht», antwortete sie fröhlich. «Nur die praktische Zeit während der Ausbildung, bei Doktor Müller und Doktor Braams.»

Sie sah mich fragend an. Auch sie war ein Opfer der weitverbreiteten Ansicht, daß alle Ärzte untereinander bestens bekannt sind.

«Hm», machte ich.

«Ich habe doch erst die Prüfung gemacht», fuhr sie fort. «Und -»

«Wie alt sind Sie denn?»

«Zwanzig - werde ich.»
«Wann?»
«Im April.»

Das war noch elf Monate hin. Ich strich mit der Hand über die Augen.

«So, im April. Meinen Sie nicht, daß Sie ein bißchen jung sind für so einen Betrieb?»

«Wieso denn zu jung?» rief sie. Ihre Flaumfedern flatterten. «Mal muß ich doch anfangen! Überall heißt es, ich bin zu jung -»

«Wo überall?» fragte ich.

Sie senkte die Nase.

«Ich hab mich schon zweimal beworben -»

«Und?»

«Nichts.» Sie versuchte, Falten in ihre glatte Stirn zu legen, aber es wollte nicht werden. «Da hieß es dann auch, ich wäre zu jung. Aber das war es nicht.»

«Was war es denn?»

«Die Frau Doktor», sagte sie mit trotziger Unterlippe, «sie hat mich reingelassen und gesehen, und - da war's gleich aus -»

Ich mußte mir Mühe geben, das Lachen hinter meinem würdigen Gesicht zu lassen.

«Vielleicht war die Frau Doktor selber mal Sprechstundenhilfe», sagte ich.

Das Blau der Augen wurde etwas dunkler, und sie glimmten kurz unter den Seidenwimpern.

«Was war es beim zweiten?»

«Das Gegenteil. Er war nicht verheiratet. Er sagte, ich sollte in seine Wohnung ziehen. Der Einfachheit halber.»

Ich konnte nicht mehr und mußte grinsen. Sie sah voll Empörung zu mir.

«Sie finden das komisch, wie?»

«Na ja», sagte ich, «viele Möglichkeiten außer den beiden gibt es nicht. Entweder es ist einer verheiratet oder nicht.» Ich beugte mich etwas vor. «War es das auch wirklich? Ich meine die mißtrauische Frau Doktor und Ihr großmütiger Verzicht? Oder sind Sie nur ein bißchen zu spät gekommen?»

Sie nahm die Beine voneinander und hielt das Kreuz steif.

«Sie sind aber nachtragend!»

«Ich bin nicht nachtragend», sagte ich milde. «Aber wenn Sie es mit der Pünktlichkeit nicht genau nehmen, werden Sie in dieser Branche kaum älter werden, als Sie jetzt sind. In anderen wahrscheinlich auch nicht, Fräulein - wie heißen Sie eigentlich mit Vornamen?»

«Mechthild», antwortete sie.

«Mechthild», wiederholte ich. Sie sah ganz und gar nicht so aus. «Wie kann man denn Mechthild heißen?»

Sie fuhr auf mit Trotzunterlippe.

«Ich heiße eben so! Soll ich mich umtaufen lassen?»

Langsam verstand ich, warum sie schwer eine Stellung bekam. Sie schien es auch zu wissen. Ihre Stupsnase ging zu Boden.

«Verzeihen Sie. Ich - werde so oft damit aufgezogen.»

«Natürlich», sagte ich. «Ich wollte Sie nicht aufziehen. Das hat man davon, wenn man 1940 geboren ist. Kleine Erinnerung an große Zeiten, wie?»

«Genau so.»

«Haben Sie Ihre Zeugnisse mit?»

Sie kramte in ihrem Quadrattäschchen herum und gab mir ein paar Papiere. Ich brachte sie in die richtige Reihenfolge und las. Als erstes stieß ich auf die Drei im Examen.

«Besser war es nicht zu machen, nein?»

Sie konnte mit einem Schlag todtraurig aussehen.

«Och - die blöde Anatomie -»

«Ja, ja», sagte ich. «Der Musculus Matthäus Gluximus -»

«Glutäus maximus», sagte sie.

«Na also! Und wozu ist er da?«

«Man haut dar - ich meine, man gibt Spritzen dorthin - die i. m. Spritzen.»

Ich fragte nichts mehr, sondern las weiter. Beim letzten Zeugnis fing ich an zu murmeln.

«- zeigte sich anstellig und gewandt im Umgang mit den Patienten, war bei Kindern beliebt. Ist von wahrhaftem und aufrichtigem Charakter, manchmal leider vorlaut und unbeherrscht. Sie wird lernen müssen, ihr Temperament besser zu zügeln.»

Ich hob den Kopf.

«Hat er recht?»

«Er hat recht.»

«- Fräulein Groß verläßt die Praxis, um am abschließenden Kursus ihrer Schule teilzunehmen. Ich wünsche ihr - und so weiter. Na schön.»

Ich gab ihr die Papiere zurück und sah auf die Uhr. Es mußte nicht heute entschieden werden. Einmal überschlafen war notwendig.

«Ja, große Mechthild», sagte ich langsam. «Alles ganz nett. Aber es haben sich noch mehr Ihres Faches gemeldet. Ich muß aussuchen, was für mich das beste ist. Lassen Sie mir Ihre Adresse da. Ich schreibe Ihnen, wahrscheinlich morgen schon -»

Sie sah aus, als hörte sie nicht mehr zu. Ihr Kopf hing ziemlich weit herunter.

«Was ist denn?»

Als ihre Augen hochkamen, sah ich einen feuchten Hauch über dem glänzenden Blau. Ihre Nasenflügel zitterten mitsamt den Sommersprossen.

«Ich weiß schon, wie es wird», sagte sie. «Sie nehmen mich nicht. Ich bin zu jung, und ich war unpünktlich. Beim nächstenmal ist es etwas anderes. Was soll ich denn machen? Ich muß doch arbeiten.»

Sie stand auf und hielt mir die Hand hin. «Auf Wiedersehen, Herr Doktor. Vielen Dank, daß Sie mich angehört haben.»

Ich blieb sitzen und sah hoch zu ihren Flaumfedern. Ich dachte an die gescheiterte Physikumskandidatin mit dem Strähnenknoten und an die zweite mit ihren zweihundert Pfund Lebendgewicht, die alles fallen ließ. Sie würden genauso auf meinen Nerven herumtrampeln wie das Mädchen Mechthild, vielleicht noch mehr. Per Saldo und im Jahresdurchschnitt ist der Ärger mit allen der gleiche. Die hier konnte man noch erziehen, die anderen würden nie wieder herauskommen aus ihrem eingefahrenen Streifen. Außerdem war da noch die Probezeit von drei Monaten als Sicherheitsventil. Und schließlich - eine Augenweide war besser als Trauerweiden, auch für die Kundschaft.

Alles das machte ich mir vor und wußte doch ganz genau, daß es die Federhaare waren und das glimmende Blau in den Augen und die Beine, auf denen sie jeden Tag stehen würde. Der Himmel mochte verhüten, daß sie es merkte.

«Setzen Sie sich hin», sagte ich, als wäre ich ungeheuer erschöpft und gleichgültig. «Wo wohnen Sie?»

«Bei meiner Tante.» Sie wußte noch nicht, worauf es hinaussollte. Langsam rutschte sie wieder auf den Stuhl. «Wendelstraße acht - es ist auch Telefon da -»

Ich schob ihr einen Zettel hin.

«Schreiben Sie es hier drauf.»

Ihre Augen waren ganz trocken. Sie schrieb schnell. Ihre Buchstaben waren wie ihr Mundwerk.

«So, Fräulein Mechthild. Und nun hören Sie gut zu. Die Schilder draußen an den Türen waren teuer. Ich kann nicht schon wieder neue kaufen, auf denen die Sprechstunde später angesetzt ist, weil mein Fräulein Helferin nicht zur rechten Zeit erscheint. Sie können ruhig sagen, wenn Ihnen was nicht paßt. Sie werden es auch tun, davon bin ich überzeugt. Aber wenn Sie nicht pünktlich sind, ist es mit unserer Zusammenarbeit zu Ende. Schnell und lautlos.»

Sie starrte mich an wie vorher den Totenkopf.

«Ja - heißt das -»

«Das heißt, daß Sie am Montag anfangen sollen.»

Sie konnte nicht reden.

«Sind Sie auch mal sprachlos? Hätte nicht geglaubt, daß das möglich ist.»

Der Lausbube kam urplötzlich zurück in ihr Gesicht.

«Es soll nicht wieder vorkommen, Herr Doktor.»

«Ich glaube es. Können Sie am Sonnabend kommen, gegen elf?»

«Klar.»

«Gut. Da ist Fräulein Höflich den letzten Tag da. Sie kann Ihnen alles zeigen - den Rest übernehme ich.»

Ich wußte, daß ihre Augen jetzt glimmten, und sah gar nicht hin.

«Das wär's dann. Und nun entweichen Sie. Für heute habe ich genug.»

Sie strahlte wie vorhin, als ich die Tür geöffnet hatte, aber ihre Stimme war leise.

«Vielen, vielen Dank. Meine Tante wird sich so freuen. Ich komme am Sonnabend. Ich bin bestimmt pünktlich.»

Sie drückte meine Hand noch kräftiger als vorhin. Mußte kein leichtes Erlebnis sein, von ihr eine Ohrfeige zu kriegen.

«Schön. Wiedersehen.»

Sie war schon in der Tür und fuhr so plötzlich herum, daß ich die

Augen gerade noch von ihren Beinen weg und in die Höhe brachte.
«Ach - eine Frage noch, wie ist 'n die Gage?»
«Was?»
«Die - ich meine, wieviel kriege ich?»
Ich stemmte mein Haupt auf den aufgestützten Unterarm und schüttelte es leise.
«Sie kriegen den Tarif. Nach Alter und Dienstalter.»
Ihre Unterlippe kam etwas heraus.
«Oh! Tarif! Wenn ich das höre, wird mir immer ganz arm zumute.»
«Aufbesserungen richten sich nach dem Betragen», sagte ich lächelnd. «Oder wollen Sie es doch lieber beim Film versuchen?» Sie sah unbändig fröhlich aus. Jetzt kam noch etwas, das war sicher.
«Na, auf jeden Fall weiß ich jetzt, warum Sie mich genommen haben!»
«Aus Geiz», sagte ich. «Raus!»
Sie wirbelte über die Schwelle. Die Korridortür knallte zu, als hätte der Sturm sie geschlossen.
Ich blieb eine Weile sitzen, den Kopf auf der Hand. Ich hatte mir den freien Nachmittag um die Ohren gehauen. Aber ich hatte es hinter mir. Und eigentlich - Ich raffte mich noch auf und zog die Schreibmaschine heraus und schrieb an die beiden ersten Damen, daß ich sehr bedaure, aber mich anders entschieden hätte. Anbei die Zeugnisse zu meiner Entlastung zurück und mit vorzüglicher Hochachtung Doktor Klein.

Am Sonnabend stand ich zur gewohnten Zeit auf, gähnte herzzerreißend und wischte die üblichen Tränen aus den Augen. Die Morgenzeitung lag schon auf dem Fußboden im Flur. Ich las in der Schlagzeile, daß noch keine Fortschritte erzielt wären, wie immer, drehte dann das Blatt um und sah nach dem Horoskop.
‹Der Tag beginnt vielversprechend für Sie›, stand unter meinem Datum. Ich ließ die Zeitung fallen und ging ins Bad. Als ich mein zerknittertes Antlitz im Spiegel betrachtete, setzte die Klingel ein wie die Posaune zum Jüngsten Gericht. Ich fuhr zusammen.
Störungen am Morgen schätze ich gar nicht. Man muß gefrühstückt haben und warmgelaufen sein, um etwas tun zu können. Andererseits war ich friedfertiger Stimmung, weil das Wochenende bevorstand.
Ich angelte meinen Morgenrock vom Haken, zog den Gürtel fest um den Bauch, fuhr mit dem Kamm durch meine wenigen Haare und ging zur Tür.

Draußen stand, mit strahlender Miene und niedlichen Flaumfedern, das Mädchen Mechthild. Sie war frisch wie der ganze Mai auf einmal und blickte mit sichtlichem Vergnügen auf meine vertraute Gestalt.

«Guten Morgen!» rief sie. «Sehen Sie aber müde aus!»

Ich starrte sie an wie ein Gespenst außerhalb der Geisterstunde.

«Was ist denn in Sie gefahren, Sie Unglückliche?»

Sie legte ihr Köpfchen auf die Seite.

«Ich dachte, ich mache doch lieber die ganze Sprechstunde mit - und da wollte ich recht pünktlich sein, damit Sie nicht sagen -»

Ich versuchte, ein drohendes Gesicht zu machen.

«Mechthild - wollen Sie mich zu meinem ganzen Ärger obendrein noch verhöhnen?»

«Aber nein!» Ihr Gesichtsausdruck konnte wechseln wie der von Chaplin. «Ich weiß doch nicht genau, wie lange der Bus braucht, und manchmal dauert es ewig, und weil Sie doch am Mittwoch gesagt haben -»

«Du lieber Himmel», sagte ich matt. «Mit Ihnen habe ich einen feinen Fang gemacht, beim Barte des Propheten. Wirklich nett, daß Sie nicht kurz nach dem Abendbrot gekommen sind.» Ich griff hinter mich zum Garderobenhaken. «Hier sind Schlüssel. Lassen Sie sich nicht blicken, bevor ich rüberkomme, sonst drehe ich Ihnen das Innere nach außen.»

«Jawohl, Herr Doktor.»

Sie machte eine Art Knicks. Ich warf die Tür zu.

Eine Stunde später fingen wir an, zu dritt. Ich kam mir vor wie ein Pascha für einen Tag. Carla bediente mich drinnen, und Mechthild hantierte im Verbandszimmer und unterhielt die Leute. Verschiedentlich hörte ich schallendes Gelächter. Es war ein netter, ruhiger Tag. Leider der letzte für einige Zeit.

Kurz vor zwölf Uhr war Schluß. Ich empfing noch einen Arzneimittelvertreter und sagte ihm, daß seine Präparate viel teurer wären als die der Konkurrenz. Er ließ mir eine Spezialzahnpasta und das allerneueste Sonnenschutzöl da und erzählte die neuesten Witze. Dann schieden wir voneinander.

Ich ging hinaus zu meinen beiden Frauen. Sie räumten das Verbandszimmer auf. Mechthild sterilisierte die Spritzen.

«Wie stellt sie sich an?» fragte ich Carla.

«Sehr brauchbar», erwiderte sie und warf freundliche Blicke auf ihre Nachfolgerin. Mechthild schien es verstanden zu haben mit ihr.

Ich verabschiedete mich von Carla mit einer längeren Ansprache, schenkte ihr einen dicken Arztroman als Abschiedsgabe und bedankte mich für ihre überaus wertvolle Unterstützung. Sie war ziemlich gerührt. Zusammen mit Mechthild verließ sie mich.

«Lassen Sie sich immer mal sehen», sagte ich. «Und wir beide treffen uns Montag wieder, Fräulein. Bitte kommen Sie weder zwölf Uhr nachts noch zwölf Uhr mittags.»

«Das war ein feiner Film, nicht?» sagte Mechthild.

Ich schloß erschüttert die Tür hinter ihnen.

Dann sah ich meine Post durch und warf vier Fünftel davon in den Papierkorb zur Selbsterledigung. Den Rest erledigte ich. Das letzte war ein Fragebogen einer Buchgemeinschaft, die neue Mitglieder suchte.

‹Haben Sie Volks- oder Hochschulbildung?› war die letzte Frage.

‹Keins von beiden›, schrieb ich darunter und legte die Karte zu den Ausgängen, weil der Empfänger versprochen hatte, das Porto zu zahlen.

Als ich meinen Mantel auszog, klingelte es an der Tür. Ich seufzte, zog ihn wieder an und ging hin.

Mein Blick traf auf ein Paar funkelnde, ungeheuer dicke Brillengläser, hinter denen die Augen weit weg waren und eiskalt. Als hätte er eine Staroperation auf beiden Seiten. Das Gesicht um die Brille war oval, und sie saß auf einer starken Nase unverrückbar fest. Weil der Herr seinen Homburg abgenommen hatte, konnte ich sein Haar sehen, oder was davon übrig war: ein paar schmale, grauschimmernde Sardellen über der Hirnschale.

Er war um die Fünfzig herum, trug einen leichten grauen Raglan aus dem ersten Haus am Platze und hielt in der linken Hand eine rindlederne Aktentasche mit raffiniertem Verschluß, achtzig Mark garantiert. Offenbar hatte er es schon weiter gebracht als ich.

«Guten Tag», sagte ich verbindlich. Es war zwar schon Mittagszeit, aber ein neuer Privatpatient würde auch darüber hinweghelfen, wenn er einer war.

Er war keiner.

«Guten Tag», erwiderte er mit Würde. Seine Augen hinter den Linsen kamen näher heran. «Mein Name ist Krompecher, Rechtsanwalt Doktor Krompecher.»

«Klein», sagte ich und ärgerte mich, daß ich so einem Namen nichts Besseres entgegenzusetzen hatte. Nie was gehört von einem Krompecher. Seine Stimme klang nach Kanzlei und Gericht. Ich überlegte blitzschnell, ob ich etwas ausgefressen hatte in letzter Zeit.

«Ich bedaure, daß ich Sie jetzt noch störe, Herr Doktor. Ich hätte Sie gern kurz gesprochen – das Anliegen läßt sich telefonisch schlecht erledigen.»

Ich bedauerte es auch. Aber jetzt war er einmal da. Warum hatte er sich nicht angemeldet, zum Teufel? Wollte er mir keine Zeit zum

Sammeln lassen?

«Ich bitte sehr», sagte ich, als könnte mir gar nichts Erwünschteres passieren. «Treten Sie ein, Herr Rechtsanwalt.»

Er tat es. Ich half ihm, den Raglan auszuziehen, und sah am Schild über der Innentasche, daß er tatsächlich aus dem ersten Haus am Platze war. Der Anwalt hängte den Homburg darüber, und ich komplimentierte ihn zum Sprechzimmer hinein und auf den Patientenstuhl.

Er richtete seine Fernglasaugen auf mich.

«Herr Doktor Klein - es handelt sich um folgendes: Ich vertrete - hm - vertrat die Interessen von Frau Jenny Herwig - ich war ihr Rechtsbeistand.»

Jenny Herwig. Meine tote alte Dame vom letzten Dienstag. Ich schwieg, aber ich war hellwach. Jenny Herwig. Als hätte ich geahnt, daß da irgend etwas nachkommen würde.

Er räusperte sich gekonnt.

«Ich darf vorausschicken, daß die Auskunft, die ich von Ihnen erbitte, möglicherweise mit Ihrer ärztlichen Schweigeverpflichtung kollidiert - auch wir haben eine derartige Verpflichtung unseren Klienten gegenüber.»

Das war mir bekannt. Mal sehen, wer von uns beiden mehr verraten würde.

Er legte seine Hände übereinander. Sie hatten borstige Haare und etwas zu lange Nägel. Wie Krallen, die gerne was festhielten.

«Es handelt sich um eine Erbschaftsangelegenheit. Ich verwalte den Nachlaß der Frau Herwig, und ich bin beauftragt, diese Angelegenheit abzuwickeln.»

Oh, wickle, solange du wickeln kannst, dachte ich.

«Frau Herwig war bei Herrn Doktor Harding in Behandlung, der ja leider - ja.»

Wir verharrten beide in stiller Trauer. Dann fuhr er fort.

«Frau Lansome, die Schwester der Verstorbenen, hat mich über Ihren letzten Besuch informiert. Sie hatte auch die Freundlichkeit, mir den Totenschein mit Ihren Eintragungen zu zeigen.»

«So», machte ich, um auch mal etwas zu sagen.

Doktor Krompecher legte die Fingerspitzen aneinander und sah darauf nieder.

«Meine Frage wird Ihnen ungewöhnlich erscheinen. Ich wäre Ihnen für eine Antwort dennoch sehr verbunden.»

Seine Augen stachen in mich hinein wie blaue Eiszapfen.

«Besteht irgendein Zweifel an der natürlichen Todesursache von Frau Jenny Herwig?»

Jetzt war es heraus. Beinahe hatte ich schon vergessen, und jetzt war es wieder da und störte mich von neuem. Ich legte meine Stirn in Falten, als müßte ich ungeheuer scharf nachdenken.

«Frau Herwig? Ach ja - der erste Todesfall in meiner neuen Praxis - ja, ja, natürlich.»

Ich drehte mich mit dem Stuhl nach links, zog den Privatkasten aus dem Regal und fingerte darin herum, obwohl ich genau wußte, wo die Karte steckte.

«Hamstadt», murmelte ich, «Herting - Herwig. Da haben wir sie.»

Ich schwenkte zurück in die Richtung des Anwalts und hielt die Karte wie ein Bilderbuch zwischen den Händen. Krompecher sprach wieder.

«Wie gesagt, es liegt ganz in Ihrem Ermessen -»

«Nein, nein», sagte ich scheinbar uninteressiert. «Das ist kein Staatsgeheimnis. Nur - lebend habe ich sie niemals gesehen. Aber die Eintragungen von Doktor Harding, die Vorgeschichte, der ganze Verlauf - eigentlich ein klarer Fall.»

Er wartete.

«Sie hatte einen Herzmuskelschaden, schon lange Zeit. Unter der Behandlung hielt sie sich gerade so, eigentlich sogar gut -»

Seine Frage schoß dazwischen.

«Ist es dann nicht eigenartig, daß so plötzlich -»

Ich starrte die Karte an und dachte nach. War es eigenartig?

«Das kann man nicht sagen. Natürlich stellen wir uns diese Frage auch immer, aber hier - wissen Sie, solche Herzen hören eines Tages einfach auf. Die Arbeitsmuskulatur wird schwächer, sie verödet sozusagen, die Durchblutung wird schlechter, Anstrengungen werden immer weniger vertragen - die Fälle sind häufig. Sie war über siebzig Jahre alt.»

Ich ließ die Karte sinken und sah ihm ins Gesicht.

«Nein, also - ich hatte nicht den geringsten Zweifel. Ganz normaler Fall.»

Seine Augen wurden etwas enger.

«Äh - Medikamente?»

Ich schüttelte den Kopf mit vorgeschobener Unterlippe.

«Nichts Gewaltiges. Sie war auf Digitalis gesetzt, nahm es regelmäßig - solche Herzen brauchen es ständig, wissen Sie, Dauerdosis - paar Schlaftabletten hatte sie, schwache Dinger, vollkommen ungefährlich. Weiter habe ich nichts gesehen.»

Ein paar Sekunden blieb er stumm. Dann erschien etwas wie ein Lächeln auf seinem Gerichtssaalgesicht. «Ich danke Ihnen, Herr Doktor Klein. Ihre Auskunft war mir von Nutzen. Ich will Sie nun keinesfalls länger stören.»

Er stand schnell auf. Es sah aus, als wollte er noch schneller herauskommen und fort. So hatte ich mir das nicht gedacht. Ich lächelte so freundlich wie möglich.

«Neugierde ist eine unangenehme Eigenschaft, Herr Rechtsanwalt. Aber wenn es die Schweigepflicht Ihrerseits nicht zu sehr strapaziert, hätte ich gern gewußt, warum -»

Die verdammte Brille ließ nichts von seinen Gedanken erkennen. Er sah mich ebenso freundlich an wie ich ihn. Ein heiteres Paar.

«Es ist - um Ihre Worte zu gebrauchen, ein ganz normaler Fall. Eine Erbschaftsangelegenheit. Es geht um Geld, um einen stattlichen Betrag -»

Ich überlegte mir unwillkürlich, wie ein Betrag aussah, der stattlich war.

«In diesen Fällen vergewissere ich mich gern und hole entsprechende Auskünfte ein. Das ist alles.»

Ich sah ihn an und wußte, daß das nicht alles war. Er ging auf die Tür zu. Ich öffnete sie ihm. Bevor er durch war, fragte ich noch einmal.

«Ach so. Ich dachte, Sie hätten von sich aus einen Verdacht gehabt - ich meine, daß die Erbfolger etwas -»

Nachgeholfen haben, wollte ich sagen, aber es schien mir nicht am Platze.

«Durchaus nicht», antwortete er bestimmt und knapp. «Wie gesagt, eine Routineangelegenheit. Ein normaler Fall. Wie die Todesursache.»

Ich fragte nichts mehr. Ich half ihm in den Raglan. Er nahm die Aktentasche wieder auf, als er ihn anhatte, bedeckte die spärlichen Sardellen mit dem Homburg und empfahl sich mit einer Verbeugung. Dann ging er, und seine Brillengläser blitzten noch einmal gefährlich.

Ich schloß die Tür, hörte auf den Klang der äußeren, blieb stehen, mit den Händen in den Manteltaschen. Dann ging ich zurück. Ich nahm die Karte wieder auf, sah sie an. Nichts. Keine Spur von etwas.

Trotzdem war es komisch. Die ganze Geschichte hätte er telefonisch erledigen können. Obwohl - vielleicht hätte ich gesagt, am Telefon könnte ich solche Auskünfte nicht geben. Auch wieder wahr. Aber war das denn üblich, zum Teufel, nach der Todesursache herumzuschnüffeln, wenn irgend jemand starb, und andere beerbten ihn? Da müßten ja Scharen von Anwälten den ganzen Tag unterwegs sein. Na ja, es gab gründliche und weniger gründliche. Trotzdem. Ich hatte ihm bereitwillig alles hergebetet, harmlosen Gemütes und in der Hoffnung, auch etwas zu erfahren. Gar nichts hatte ich gehört. Mit Juristen muß man vorsichtig sein. Ich schob die Karte entschlossen an ihren Platz zurück, zog den Mantel aus und verließ die Praxis endgültig. Ich wollte nicht das ganze Wochenende an tote alte Damen und ihre Anwälte denken.

In der Nacht schlief ich ausgezeichnet. So gut, daß ich garantiert noch drei Stunden hätte weiterschlafen können, als das Telefon mich weckte.

Es klingelte zum Gotterbarmen. Trotz der Aussicht auf gewinnbringende Arbeit blieb ich schlaftrunken liegen und hoffte, daß es aufhören würde. Nichts dergleichen. Es klingelte, als riefen sechs Leute zu gleicher Zeit bei mir an. Wie eine Alarmanlage nach einem Bankeinbruch.

Ich wankte ins Wohnzimmer und hob den Hörer ab. Mit einem Schlag verschwand meine schöne Müdigkeit, als ich die Stimme erkannte und der Zorn mich packte. Mechthild, meine Perle. Sonntag früh um halb acht.

Ich ließ sie nicht ausreden.

«Sind Sie denn von Gott verlassen!» brüllte ich. «Ihre Witze fangen an, mir auf die Nerven zu gehen, Fräulein Groß! Ich verbitte mir -»

Ich **wu**ßte gar nicht so genau, was ich mir verbitten wollte. Ich kam auch nicht mehr dazu, es auszusprechen. Ich hörte sie schluchzen am anderen Ende. Weiß Gott, sie schien zu weinen. Ich hätte nicht für möglich gehalten, daß sie das konnte.

«Was ist denn?» fragte ich. «Heulen Sie nicht, sondern antworten Sie!»

Es dauerte ein bißchen, bis sie etwas herausbrachte.

«Meine Tante - ich habe sie eben wecken wollen - ich glaube, sie ist - sie lebt nicht mehr -»

Neues Schluchzen. Lieber Himmel, dachte ich. Und das bei den eigenen Angestellten. Das Mädchen hielt mich in Atem, konnte man wohl sagen.

«Ihre Tante?»

«Ja - ich wohne doch bei ihr. Und eben -»

«Sind Sie sicher, daß -»

«Ja, ich glaube - ich weiß nicht - doch, ich glaube, sie ist tot!»

Die Tränen schienen in den Hörer zu fallen.

«Hören Sie», sagte ich. «Ich bin gleich da. Nicht mehr weinen.»

Dann hängte ich auf.

Ich spülte den schönen Schlaf mit kaltem Wasser aus meinem Gesicht, entfernte den Bart notdürftig und zog mich in beträchtlicher Geschwindigkeit an. Während ich schlürfend und pustend eine Tasse viel zu heißen Tee trank, sah ich nach dem Horoskop in der Zeitung.

‹Ein ruhiges und angenehmes Wochenende steht Ihnen bevor. Nehmen Sie alles von der heiteren Seite. Vorsicht mit dem Kraftwagen.›

«Vielen Dank», sagte ich zu der Zeitung und ging hinüber zur Praxis. Mein Totenschädel grinste mich aus staubigen Augenhöhlen an. Ich nickte ihm kurz zu, griff nach meiner Besuchsmappe und machte mich auf den Weg zur Garage.

Trotz der Warnung im Horoskop fuhr ich ziemlich schnell um die Ecken und über die Kreuzungen. Es war nicht viel Verkehr um diese Zeit. Die ersten Ausflügler machten sich auf, in Hemdsärmeln und mit Sonnenbrillen und mit den Federballschlägern im Gepäck. Wenn der Wetterbericht so recht hatte wie mein Horoskop, würden sie Pech haben.

Nach einigen Umwegen und Fragen fand ich die Wendelstraße. Es war eine friedliche Gegend, in der die Leute sich langsam bewegten und wohin nur eine Buslinie führte, der Grund für Mechthilds Verspätung. Kleine, saubere Ein- und Zweifamilienhäuser, die nach viel Bausparkasse und wenig Eigenkapital aussahen; nette, bunte Vorgärten, und die ohne Gartenzwerge waren sogar in der Mehrheit.

Das Haus Nummer acht lag etwas weiter zurück als seine Nachbarhäuser, und ein Vorgarten war größer. Ein weißgestrichener Staketenzaun schloß ihn zur Straße hin ab. Eine Pforte aus den gleichen

Staketen war an der linken Seite. Unter der Klingel sah ich ein Messingschild.
‹Bertha von Scherff.›
Darunter war mit zwei weißköpfigen Heftzwecken ein Pappschild befestigt. Die Schrift darauf erkannte ich auf Anhieb, trotz der sorgfältig gemalten Druckbuchstaben.
‹Mechthild Groß›.
Mechthild mit der Tante von Scherff. Viel schien der adlige Einfluß bisher nicht genützt zu haben.
Die Pforte war nur eingeschnappt und ging auf, als ich den Knopf drehte. Ich ging über einen sauber geharkten Kiesweg, vorbei an Maiglöckchen und Tulpen und anderen Kräutern. Der Rasen war dicht, frisch geschoren und roch nach Natur. Abgefallene Blüten von Obstbäumen lagen herum. Drüben auf der anderen Seite stand eine kleine grüne Gießkanne, wie sie die Witwen häufig auf die Friedhöfe mitnehmen, wenn sie ihre Männer besuchen. Vielleicht würde Mechthild bald dasselbe tun.
Das Haus hatte einen gelben Rauhputz, blanke Fenster und Blumenkästen. Ein paar Mansardenfenster guckten aus dem vierseitigen Giebel, und aus einem davon hing ein bunter Morgenrock über das Fensterbrett hinaus und flatterte leise. Das sah ganz nach Mechthilds Kemenate aus.
Sechs Stufen führten hoch zur Eingangstür. Eine zweite Klingel war da. Ich drückte darauf und wartete.
‹Salve› stand in Lateinschrift über der Tür. Sei gegrüßt!
Aus der Tiefe des Hauses klangen Schritte, eine Treppe herunter und her zur Tür.
Ich hatte mir nicht vorstellen können, wie Mechthild weinen würde. Jetzt, wo ich es sah, kam mir ein Gefühl wie einem Ritter, der ein Edelfräulein an einen Baum gebunden sieht, mit einem greulichen Lindwurm davor. Immer dasselbe.
«Morgen, Mechthildchen», sagte ich. «Tut mir leid, daß ich Sie angebrüllt habe. Kommen Sie, sehen wir nach.»
Sie nickte, wischte durch ihr Gesicht und drehte sich schnell um. Ich folgte ihr durch die Diele. Mit ein paar Blicken sah ich mich um. Eine Flurgarderobe war da, aus Einzelteilen und mit Wandbespannung aus Acella, Spiegel und zierlicher Schirmständer mit zwei Knirpsen darin. An den Wänden hingen alte Kupferstiche von gleicher Größe und gleicher Machart, dazwischen ragten dreiflammige elektrische Kerzenleuchter, und unter allen war eine helle Tapete mit Männchen und Weibchen und Hunden. Ein paar Türen mit großen, geriffelten Glaseinsätzen gingen ab. Eine stand offen. Ich sah über einen großen Teppich hinweg auf Polstermöbel und einen Tisch

mit Mosaikplatte. Nette Behausung.

Weiter hinten führte eine Treppe nach oben. Mechthild ging vor mir her, und ich konnte ihre Beine nicht aus den Augen lassen, trotz des traurigen Anlasses, aus dem ich hier war. Oben war eine ähnliche Diele mit den gleichen Türen, nur ohne Garderobe. Eine schmale Holztreppe wand sich noch höher hinauf, wahrscheinlich zu den Mansarden mit Mechthilds Zimmer.

Das Mädchen ging zur letzten Tür in der Diele.

Nur eine matte Helligkeit drang durch den Glaseinsatz, als wären die Vorhänge im Zimmer noch nicht aufgezogen, aus Furcht vor dem grellen Licht des Tages.

Mechthild legte die Hand auf die Klinke. Sie wandte sich noch einmal zu mir um. Ich nickte aufmunternd.

Dann öffnete sie die Tür. Sie trat zur Seite und blieb an der Wand stehen. Ich machte einen Schritt über die Schwelle.

Die Fenster waren auf der rechten Seite des Raumes. Schmale Lichtstreifen fielen auf einen langhaarigen Teppich. Ich mußte mich einen Augenblick an das Dämmerlicht gewöhnen, und währenddessen hörte ich Vogelgezwitscher aus dem Garten, wie ein Ruf des Lebens von weit her. An der linken Wand stand ein dreiteiliger Schrank aus hellem, seidigem Birkenholz mit Aufsätzen, die fast bis unter die Decke reichten. Die beiden Spiegel im Mittelteil warfen das wenige Licht mit mattem Funkeln zurück.

Das Bett stand uns genau gegenüber. Es war aus dem gleichen Holz wie der Schrank, auch der Nachttisch und ein kleiner, fellbezogener Hocker.

Die alte Dame lag verkrümmt auf dem Bett, wie von einer Faust hingeschleudert. Ihr Kopf lag nach rechts hinüber, zum Nachttisch hin. Die Bettdecke war halb zurückgeschlagen, und die linke Hand war hineingekrallt. Der rechte Arm hing an der Bettseite hinunter.

Die alte Dame hatte ein gütiges Gesicht gehabt. Jetzt war es verzerrt und ihr Mund geöffnet, als hätte sie einen Schrei ausstoßen wollen, bevor sie starb. Das graue Haar war sauber geordnet. Ein Netz schien es zusammenzuhalten. Eine nette alte Dame. Nett und ganz bestimmt tot.

Mein erster Gedanke war der an das Horoskop. ‹Ein ruhiges und angenehmes Wochenende.› Ja. Es schien mir bestimmt, eine tote alte Dame nach der anderen zu finden.

Ich setzte meine Tasche auf den Boden und ging mit behutsamen Schritten auf die Fensterseite zu. Das Teppichfell bog sich unter meinen Sohlen zusammen. Ich fand die Gardinenschnüre und zog. Die Vorhänge schwangen zurück. Das Licht überschwemmte das Bett und die Tote. Mechthild rührte sich nicht.

Ich hob die Tasche auf und trat neben das Bett. Das Handgelenk, das ich anfaßte, war kalt und ohne Puls. Der Arm ließ sich leicht bewegen, nichts von Starre war darin. Mehrere Stunden mußte sie schon tot sein, aber gestern abend hatte sie noch gelebt, das war sicher. Ihre Augen waren aufgerissen, als sähe sie etwas, das nur sie sehen konnte.

Ich schob die Lider über die toten Augen und legte den rechten Arm auf die Bettdecke zurück. Den Kopf rückte ich in die Mitte des Kissens. Dann sah ich schnell nach Wunden oder irgend etwas Auffälligem. Ich fand nichts.

Von der Tür her kam leises Schluchzen. Eben war ich ganz allein gewesen mit der Toten, und nun fiel mir ein, daß Mechthild auch da war. Ich ging zu ihr. Ihre Schultern zuckten unter meinen Händen.

«Sie ist tot, Mechthild», sagte ich. Ich rührte mich nicht, als ihr Kopf gegen meine Brust fiel und ihre Tränen samt Make-up in mein

Sonntagshemd flossen. Sie tat mir wirklich leid, und deswegen brachte ich nichts weiter heraus.

Nach einer langen Weile hob sie ihre nassen Augen hoch zu mir. Ich zog mein Taschentuch heraus und tupfte daran herum. Langsam kamen die Tränen zum Stehen.

«Armes Mädchen», sagte ich. «Sie wohnen noch nicht lange hier, wie?»

«Seit drei Wochen», flüsterte sie. «Sie hat mich aufgenommen, weil ich hier in der Stadt arbeiten wollte. Früher habe ich sie oft besucht -»

«Hm», machte ich. «War sie irgendwie krank? Hat sie was gehabt, Herz oder so?»

«Ja, ein bißchen mit dem Herzen hatte sie wohl - aber ich glaube nicht, daß es schlimm war -, sie war nur sehr empfindlich - schreckhaft - ein richtiges Nervenbündel. Sie regte sich sehr leicht auf.» Mechthild wischte die letzten Tränen weg. «Aber - sie war ja auch schon einundsiebzig . . .»

Ich sah hinüber zu der stillen Gestalt auf dem Bett.

«So alt?»

«Ja. Sieht man gar nicht.»

«Nein. Wie kommen Sie zu einer so alten Tante?»

«Sie ist die älteste Schwester meiner Mutter. Die waren alle weit auseinander.»

Mechthild putzte sich die Nase mit meinem Taschentuch. Ihre Schultern zuckten nicht mehr.

«Ich will mir's noch mal angucken», sagte ich. «Wollen Sie dabeibleiben, oder -»

Sie schüttelte den Kopf.

«Nein, nein. Ich bleibe hier.»

Ich ließ sie los und ging langsam zum Bett zurück. Jetzt, nachdem die erste Aufregung vorbei war, sah ich mehr, als ich vorhin gesehen hatte.

Das Telefon. Es war ein weißer Apparat gewesen, ganz modern. Er lag neben dem Nachttisch auf dem Fußboden, und gezackte Bruchlinien zogen durch das Gehäuse. Ein paar weiße Splitter waren in der Nähe verstreut. Der Hörer lag etwas entfernt, aber er war auf den Teppich gefallen und heil. Ich nahm ihn auf und hielt ihn ans Ohr. Die Leitung war tot.

Die alte Dame hatte den Apparat heruntergerissen, bevor sie starb. Vielleicht wollte sie Hilfe holen im Todeskampf. Oder hatte sie noch gesprochen?

Ich wandte mich um zu Mechthild.

«Hat sie telefoniert in der Nacht? Haben Sie es klingeln hören?»

Sie kam näher heran.

«Nein, ich habe nichts gehört. Ich schlafe wie - wie eine Ratte, und oben hört man sowieso kaum was -»

«Das Zimmer mit dem Morgenrock, wie?»

Zum erstenmal lächelte sie.

«Ja.»

Ich bückte mich noch einmal, um den Apparat aufzuheben. Trotz der Sprünge hielt das Gehäuse leidlich zusammen. Er war so und so zum Teufel. Ich wollte ihn auf die Nachttischplatte hinstellen. Da sah ich etwas, das ich kannte.

Das Bild.

Querformat in einem verschnörkelten Silberrahmen. Fünf junge Mädchen, Arm in Arm, weiße Kleider, Propellerschärpen. Hermann Jagow, Kunstlichtbildatelier. Höhere Töchter aus der guten alten Zeit.

Das Bild, das bei der toten Jenny Herwig auf dem Nachttisch gestanden hatte, zwischen Digitalis, Mimosen und Schlaftabletten.

Ich setzte das Telefon hin und nahm das Bild. Auf einmal sah ich das tote Gesicht von Jenny Herwig und die funkelnden Brillengläser von Krompecher vor mir. Natürliche Todesursache? Ganz normaler Fall.

«Mechthild», sagte ich, «ist Ihre Tante hier drauf?»

«Ja», antwortete sie leicht erstaunt. Die erste von links.»

«Und die anderen?»

«Schulfreundinnen von ihr. Sie waren auf demselben Lyzeum.»

So sah es auch aus. Rechts außen, das konnte Jenny Herwig sein.

«Sie waren alle so um die neunzehn herum, als es aufgenommen wurde.»

«So wie Sie jetzt?»

«Ja. Muß etwa 1910 gewesen sein. Warum fragen Sie danach?»

Eine Sekunde schwankte ich, ob ich ihr erzählen sollte, wo ich das Bild schon gesehen hatte. Nein. Es hatte Zeit. Ihr Kopf war jetzt voll und ihr Herz schwer genug.

«Hat mich nur interessiert, wie sie früher ausgesehen hat», sagte ich. «Aber man sieht die Ähnlichkeit noch. Möchte wissen, wie ich aussehe, wenn ich so alt bin.»

Wie unabsichtlich drehte ich das Bild herum. Auch über der Rückseite war eine Glasplatte, keiner der üblichen schwarzen Pappdeckel. Fünf Namen standen hinten auf der Fotografie, säuberlich untereinander, mit lila verfärbten Schriftzügen, die sich nicht ähnelten:

Bertha Strelkow.

Alma Wiebach.

Agnes Restorf.

Jenny Restorf.
Dorothea Lindemann.
Hinter zweien der Namen war ein Kreuz, schwarz und mit kräftigen Querstrichen. Viel frischere Tinte, ohne Zweifel.
«Ach», sagte ich. «Zwei sind schon tot?»
Mechthild nickte hinter meiner Schulter.
«Ja. Die eine erst ganz kurze Zeit. Tante Bertha war zu ihrer Beerdigung - am Freitag. Natürlich, jetzt fällt es mir ein. Es hat sie ziemlich mitgenommen. Sie war hinterher ganz erledigt.»
Freitag. Jenny war am Dienstag gestorben.
«Sie waren nicht dabei?»
«Nein. Tante Bertha wollte es nicht.»
Während meiner Fragen und ihrer Antworten hatte ich das Bild in der Hand gehalten und versucht, mir die Namen einzuprägen. Bertha Strelkow. Das war die Tante Bertha, verehelichte von Scherff. Das erste Tintenkreuz war bei Alma Wiebach. Das zweite bei Jenny Herwig. Blieben nur noch Agnes Restorf, die ich unter dem Namen Lansome kannte, und Dorothea Lindemann, die ich nie gesehen hatte.
Ich stellte das Bild zurück, ohne es noch einmal anzusehen.
«Mechthild», fragte ich, «hatte sie einen Hausarzt?»
Sie nickte. «Ja, den hatte sie.»
«Wissen Sie seine Adresse?»
«Die steht sicher unten im Telefonbuch.»
«Ich möchte ihn anrufen und ihm Bescheid sagen. Auch wegen des Totenscheins ist es besser, wenn er herkommt. Das Telefon hier ist hin. Ich gehe zur nächsten Zelle. Wollen Sie solange hierbleiben? Oder wollen Sie gehen?»
«Niemand braucht zu gehen», antwortete sie. «Unten ist noch ein Apparat. Kann umgestellt werden.»
«Sehr praktisch», sagte ich. «Kaum was scheußlicher als der Aufenthalt in Telefonzellen.»
Wir gingen hinaus. Ich drückte die Tür behutsam ins Schloß, als schliefe die alte Dame nur und sollte nicht geweckt werden. Mechthild führte mich die Treppe hinunter und zu der offenstehenden Tür. Ich setzte mich vor den Mosaiktisch in einen der Polstersessel. Das Telefon stand auf einem kleinen Tischchen in Reichweite, genauso weiß wie das im Schlafzimmer. Das Telefonbuch lag in einem Fach darunter. Alles an seinem Platz, wie es sich gehörte.
Mechthild fand den Namen des Doktors schnell.
«Hier - Doktor Koch -»
«Robert?»
«Nein. Wilhelm.»
«Geben Sie her.»

Ich wollte die Nummer wählen.

«Moment», rief Mechthild. «Muß erst umschalten.»

Sie lief hinaus. Ich hatte den Hörer am Ohr und wartete, bis es knackte und zu tuten anfing. Dann drehte ich die weiße Scheibe und überlegte dabei meine Rede.

Es meldete sich eine brüchige, alte Stimme. Wieder eine alte Dame. Man konnte schier nervös werden.

«Bitte vielmals um Entschuldigung», sagte ich behutsam. «Kann ich Herrn Doktor Koch sprechen?»

Die Dame schien ungehalten. Offenbar war man beim Frühstück.

«Ja, aber - worum handelt es sich denn? Wer sind Sie?»

Ich nannte Namen und Dienstgrad und sagte, es handele sich um eine Patientin des Herrn Kollegen. Das war etwas anderes. Sie wollte ihren Mann rufen.

Während ich die Muschel zuhielt, fragte ich Mechthild: «Alter Herr, was?»

«Sehr. Tante Bertha wollte keinen jungen.»

«Haben Sie sich dort auch beworben?»

Sie schüttelte den Kopf. Ich sagte nicht, daß ich mir das hätte denken können.

Aus dem Hörer kam eine Stimme, gepflegt und sanft. Der Herr Kollege.

Ich erzählte ihm mit knappen Worten, was passiert war. Er schien sichtlich betroffen und wollte sofort erscheinen. Ich dankte ihm und legte den Hörer zurück. Mechthild sah mich an.

«Wollen Sie etwas trinken?»

Sogar in dieser Situation dachte sie an meinen Durst.

«Was haben Sie denn?»

«Kaffee dauert zu lange - aber ich kann Ananassaft machen mit Eis -»

«Das trinke ich gerne.»

Als sie draußen war, kam mir ein Gedanke. Ich zog das Telefonbuch noch einmal heran.

Dorothea Lindemann steht nicht darin. Das Buch war neu, von diesem Jahr. Allerhand Lindemänner, aber keine Dorothea. Sicher hieß sie jetzt anders. Oder sie hatte kein Telefon. Ich blätterte weiter, mit wenig Hoffnung. Bei Alma Wiebach würde es genauso sein. Wie sollte man diese Leute noch finden nach so langer Zeit. 1910. Da war noch nichts von mir vorhanden gewesen.

Ich empfand einen leichten Schlag, als ich den Namen fand.

Alma Wiebach-Thomsen, Musikpädagogin, Beethovenstraße 6.

Klar. Kein würdigerer Ort für eine Musikpädagogin als die Beethovenstraße.

Ich ließ das Buch auf meinen Knien liegen und überlegte. Das war sie. Alma war nicht so häufig, die jungen Mädchen von heute würden sich bedanken. Wie Mechthild.

Ohne Zweifel hatte sie ihren Mädchennamen beibehalten und den Namen ihres Mannes angehängt. Musikpädagoginnen, Kinderärztinnen und Frauenrechtlerinnen haben eine Neigung dazu, besonders wenn sie ins Parlament gewählt werden. Damit man ja keine Zweifel hat, woher die Begabung kommt.

Ich kritzelte die Adressen in mein Notizbuch. Jetzt hatte ich vier. Fehlte nur die Dorothea, die noch am Leben sein mußte.

Als Mechthild mit dem Saft eintrat, lehnte ich ohne Telefonbuch im Sessel und betrachtete die Bilder an den Wänden. Ich trank, und dann schrillte die Klingel im Korridor. Ich stand auf und zog den Schlipsknoten gerade.

Der Doktor strahlte Würde aus wie eine Rektorenkonferenz. Im Gegensatz zu meinem Windsorschlips trug er ein Plastron nach Altvätersitte. Darüber ragte ein kleiner weißer Spitzbart in die Gegend. Die Augen waren von milder Schärfe und die Haut rosig. Man konnte die Qualität seiner Weine daran ablesen. Der altmodische Anzug fiel überhaupt nicht auf. Ein anderer hätte nicht zu ihm gepaßt. Er hätte es sich leisten können, in der Mode des vorigen Jahrhunderts herumzulaufen. Ganz klar, daß ich Herr Doktor zu ihm sagen würde.

Er gab zuerst Mechthild die Hand.

«Kopf hoch, mein gutes Kind.»

Dann war ich an der Reihe. Ich machte eine Verbeugung, wie ich sie in der Tanzstunde geübt hatte, sagte meinen Namen und drückte die Kollegenhand. Dann marschierten wir in stummer Reihe die Treppe hinauf. Ich sah ihm zu, wie er untersuchte. Kein Zweifel, das war ihr Doktor gewesen. Sie stammten aus der gleichen Zeit, sie hatten sich verstanden und sich von den Blumen erzählt, die sie züchteten und unter denen sie jetzt liegen würde.

Er richtete sich auf und wischte ganz leicht zwei Fingerspitzen zu seiner Nasenwurzel hin. Dann räusperte er sich.

«Es besteht kein Zweifel, Kollega», sagte er. «Ich muß leider Ihre Diagnose bestätigen. Sie werden mir nicht verübeln, wenn ich sage, daß ich es lieber nicht getan hätte.»

Kollega.

Die alte Form aus der Zeit, da die Wissenschaftler noch lateinisch verhandelt hatten. Aber es war nichts Lächerliches an seinen Worten.

«Es wäre mir auch lieber gewesen», sagte ich. «Ich bedaure, daß ich nichts mehr tun konnte. Darf ich fragen, was Sie davon halten?»

Er nahm seinen Spitzbart zwischen die Finger.

«Ein Casus des akuten Herztodes, sine dubio», sagte er. «Eine

Apoplexia scheint mir weniger wahrscheinlich. Der Blutdruck war nicht ungewöhnlich hoch. Für eine Sklerosis hatte ich keinen beweisenden Anhalt.»

«War das Herz denn schlecht?» fragte ich. Meine Ausdrucksweise erschien mir nahezu vulgär gegenüber der seinen.

«Nun, nun», sagte er. Er stand ganz still und blickte konzentriert vor sich auf den Teppich, als müßte er sich selbst erst Rechenschaft ablegen über diese Frage. «Schlecht? Ich will nicht unbedingt sagen schlecht. Es war ein Altersherz, naturaliter, eine Myodegeneratio wird vorgelegen haben, ich bin sicher... aber ein Vitium gravis, wenn Sie das meinen... nein, das möchte ich verneinen, entschieden verneinen.»

So. Er verneinte entschieden. Kein schwerer Herzfehler, das übliche alte Herz, etwa wie das von Jenny Herwig.

«Sie haben nicht digitalisiert?»

Er ließ den Bart los und sah mich an.

«Nein, Kollega. Ich sagte bereits, es lag keine Veranlassung vor.»

«Verzeihung», sagte ich beflissen. «Ich fragte nur, weil - in der vergangenen Woche hatte ich einen ganz ähnlichen Fall. Vielleicht haben Sie die Dame gekannt. Es handelte sich um eine Schulfreundin von Frau von Scherff. Derselbe akute Herztod. War allerdings unter Digitalis. Ich hatte sie von meinem Herrn Vorgänger übernommen. Fräulein Groß hat mir -»

«Ah, ich erinnere mich», rief er. «Ich glaube, ich habe einige Damen hier im Haus kennengelernt -» seine Stimme senkte sich - «ja, ja, tief bedauerlich, Kollega. Wir alten Leute werden nun mal nicht jünger.»

Wir jungen auch nicht, dachte ich.

«Frau Herwig», sagte ich. «Frau Jenny Herwig.»

Der Name schien ihm nichts zu sagen. Ich wollte noch etwas wissen.

«Haben Sie noch eine der Damen in Behandlung? Ich kenne auch die Schwester von Frau Herwig.»

«Nein. Nein, Frau von Scherff war die einzige aus diesem Kreise.» Er schien das zu bedauern. Ich sagte nichts mehr. Doktor Koch ging zu Mechthild hinüber, die still an der Tür gewartet hatte, und ergriff ihre Hände.

«Mein gutes Kind», sagte er. «Ich fühle tief mit Ihnen. Sie war eine liebe, liebe Frau!»

«Vielen Dank», sagte Mechthild. Sie drehte sich schnell um und verließ das Zimmer.

Als Kochs Blick sich zu mir wandte, wies ich auf das Telefon, das ich wieder aufgestellt hatte.

«Der Apparat lag am Boden, zertrümmert. Sieht so aus, als hätte sie versucht anzurufen. Vielleicht Sie, als sie merkte, daß es zu Ende ging.»

Doktor Koch betrachtete das geborstene Gehäuse mit Bekümmernis. So etwa wie: auch das noch.

«Das wäre im Bereiche des Möglichen, durchaus im Bereiche des Möglichen. Sie pflegte mich zu konsultieren, wann immer sie mich brauchte. Zu spät diesmal. Zu spät.»

Er trat zu der Toten und drückte die Hand, die jetzt still über der stummen Brust lag. Dann straffte er sich. Der Spitzbart stach gegen mich hin.

«Ich werde den Schein unten ausfüllen. Und dann werde ich mich ein wenig um das arme Kind kümmern.»

«Das ist sehr nett von Ihnen», sagte ich aufrichtig.

Mechthild saß im Wohnzimmer. Vielleicht hatte sie geweint, aber es war nichts mehr davon zu sehen. Doktor Koch ging zu ihr und streichelte über ihr Haar. Dann setzte er sich, zog die Formulare aus der Tasche und begann zu schreiben. Ich sah verstohlen über seine Schulter. Alles klar. Genau das, was ich auch geschrieben hätte.

Kreislaufversagen bei Altersherz.

Verdacht auf unnatürlichen Tod?

Nein.

Ganz normaler Fall.

Er unterschrieb und stand auf.

«Fräulein Mechthild», sagte er. «Manches ist zu besprechen. Sie gestatten, daß ich Ihnen bei dieser traurigen Angelegenheit behilflich bin.»

Er warf mir einen Blick zu.

«Mechthild», sagte ich, «Doktor Koch bleibt noch hier. Für mich ist nichts mehr zu tun. Rufen Sie mich an, wenn irgend etwas los ist. Und - wenn Sie in den nächsten Tagen nicht kommen wollen - ich kann Fräulein Höflich noch mal bitten einzuspringen.»

«Ich komme», sagte Mechthild. «Nur - wenn die Beerdigung ist . . .»

«Selbstverständlich.»

So gern ich sie getröstet hätte, so froh war ich, jetzt fortzukommen.

Ich verabschiedete mich mit ein paar Worten. Dann ging ich. Die Sonne war jetzt höher und schien strahlend hell. Der Garten duftete. Beim letztenmal war es dunkel gewesen, als ich zu einer toten alten Dame gerufen wurde. Der Tod kam zu jeder Zeit.

Ich fuhr den Weg zurück, aber ich sah keine Leute und keine Häuser, kaum die Ampeln. Meine Gedanken waren bei dem Bild, das ich

nun schon zweimal gesehen hatte, und bei den Kreuzen hinter den drei Namen.
Jenny Herwig, akuter Herztod.
Bertha von Scherff, akuter Herztod.
Alma Wiebach-Thomsen.
Wie ist es bei ihr gewesen?

Am Mittwoch nach diesem laut Horoskop ruhigen und angenehmen Wochenende wurde Mechthilds Tante beerdigt. Während ich mich allein durch die Vormittagssprechstunde schlug, dachte ich an den Friedhof mit seinen Pappelwegen und stillen Steinen und an Mechthild inmitten der Trauergemeinde. Schwarz stand ihr sicher gut.
Ich war froh, als ich meinen alten Seemann als letzten im Sprechzimmer hatte. Ich schrieb ihm sein Rezept, und er erzählte vom heldenhaften Kampf seines Fußballvereins. Früher wäre der Sturm besser gewesen als die Hintermannschaft, mit Ausnahme des Torwarts. Heute sei es umgekehrt. Die Hintermannschaft hielte den Teufel auf, aber der Sturm tauge nichts, alles Nieten, kein Angriffsgeist, keine Schußkraft. Wo das noch hinführen solle.
Ich wußte es nicht, aber ich tröstete ihn. Es könnte sich von heute auf morgen wieder ändern, und wenn die Hintermannschaft wieder so schlecht wäre wie der Sturm jetzt, dann wäre die Leistung wenigstens einheitlich.
Als er fort war, räumte ich notdürftig auf, um der trauernden Mechthild nicht zu viel Arbeit zu hinterlassen. Ich hatte keine Lust, mich nun auch noch an meinen häuslichen Herd hinzustellen und den Eiern in der Pfanne zuzusehen. Deswegen packte ich meine Besuchstasche, holte den Wagen heraus und fuhr um ein paar Ecken in ein Lokal, in dem die Größe der Portionen zu ihren Preisen noch in einem einigermaßen vernünftigen Verhältnis stand. Ich bestellte mir einen Schnaps, um den Appetit noch mehr anzuregen, was gar nicht nötig gewesen wäre, ein Bier gegen den Durst und schließlich ein Kalbssteak für den Magen. Dann sah ich mich um. Es war das übliche Bild von ein Uhr mittags.
Sekretärinnen aller Altersklassen. Vertreter, die sich am liebsten noch für das Händewaschen eine Quittung hätten geben lassen. Zwei Arbeitgeber in flüsterndem Gespräch über den stagnierenden Umsatz. Ein Student mit Studentin, mit der stillen Hoffnung auf andere Themen als die der letzten Vorlesungen. Und ein Outsider, der nicht so richtig dazugehörte. Das war ich. Ich hatte streng vermieden, mich näher bekannt zu machen, um zu verhindern, daß mir die Kellnerin ihre Beschwerden schilderte. Die konnten unerbittlich sein. Während

ich aß, blätterte ich in der Zeitung herum und las im Horoskop, daß der Tag ohne besondere Vorkommnisse zu Ende gehen werde. Trotz dieser Ankündigung beschloß ich, den Vorsatz auszuführen, den ich seit Sonntag in mir herumtrug.

Ich verließ das solide Lokal und fuhr meine Besuchstour. Gegen vier war ich fertig. In einem Espresso trank ich einen kräftigen Kaffee. Dann setzte ich mich in den Wagen und suchte auf meinem Stadtplan die Beethovenstraße. Sie lag im Musikviertel, wie es sich gehörte, mehr zur Peripherie hin und abseits vom weltlichen Getriebe. Langsam rollte ich durch den einsetzenden Berufsverkehr, bis die ersten Namen der Tonkünstler auftauchten. Mozart mündete direkt in Beethoven.

Das Haus Nummer sechs war hoch und aus wuchtigen Steinen. Wieder so etwas Solides von 1910. Der Eingang lag auf der linken Seite, durch eine Toreinfahrt konnte man ihn erreichen. Aber schon neben dem Tor sah ich ein ehrwürdiges Emailleschild. Ich hielt. Da stand:

Alma Wiebach-Thomsen.
Musikpädagogin.
Unterricht in Gesang, Klavier, Musiktheorie.
Sprechzeiten nach Vereinbarung.
Am linken Pfeiler der Haustür war ein Klingelschild mit teilweise

recht vergilbten Namenszetteln. Ich suchte darauf herum.
Wiebach-Thomsen 1. Stock.
Früher wohnte im ersten Stock, wer etwas auf sich hielt. Das bedeutete, daß die Bewohner des Erdgeschosses und der zweiten Etage dem musikpädagogischen Krach ausgesetzt waren. Andererseits sah der Bau massiv genug aus, um auch dem durchdringendsten Heldentenor standzuhalten.
Im Treppenhaus sah ich viel Marmorimitationen, und es war entsprechend kühl. Ich stieg langsam empor und überlegte, was ich sagen sollte. Eigentlich ein verdammter Blödsinn, meine Nase in diese Dinge zu stecken.
Ich ging immer langsamer, aber trotzdem erreichte ich den ersten Stock. Nur eine Partei pro Etage, und neben der Tür der gleiche Text wie unten, nur auf einer kleineren Tafel. Ich wartete noch ein paar Sekunden und überlegte mir meine Antrittsrede. Dann zog ich mannhaft an dem Klingelgriff, der in einen Löwenkopf aus Messing ausgearbeitet war.
Zuerst ereignete sich nichts. Mit Erleichterung dachte ich: Mensch, es ist niemand da. Du hast es versucht, es war nichts. Du kannst einen ehrenvollen Rückzug antreten und ruhig schlafen.
Aber diese Hoffnung wurde zunichte. In der Tiefe der Wohnung klappte eine Tür, als käme die Hexe im Pfefferkuchenhäuschen aus ihrem Schlafzimmer. Eine zweite Tür, und dann näherten sich eilige, trippelnde Schritte. Die Wohnungstür, die letzte Barriere, wurde aufgerissen.
«Mein Herr! Womit kann ich dienen?»
Der diese Worte sprach, war ein kleines, munteres Männchen von vielleicht sechzig. Um den kahlen Schädel stand ihm ein Kranz von weißen Haaren, wie Lorbeer auf einem Dichterhaupte. Sein Gesicht war faltig, der Mund etwas zu groß. Die Augen standen weit auseinander, glänzten fröhlich und schienen zu wissen, wie es auf dieser Welt aussah.
Irgend etwas an diesem Kopf erinnerte mich an ein Bild, das ich kannte. Plötzlich wußte ich es.
Schopenhauer. Schopenhauer der Zweite.
Er trug einen Eckenkragen mit einem schwarzen, weit geschlungenen Binder, aber statt der Jacke einen geblümten seidenen Morgenrock, leicht verschossen, sonst ohne Tadel. Ich hatte wieder das Gefühl, mich weit in der Vergangenheit zu bewegen, wo die Gaslaternen noch brannten und die Autos doppelt so hoch waren wie heute.
Ich erinnerte mich an seine Frage.
«Entschuldigen Sie vielmals», fing ich an und kippte mit dem Oberkörper leicht vornüber wie Exzellenz im Ballsaal vor der Gnä-

digsten, «ich störe Sie wahrscheinlich sehr -» noch bestritt er es nicht
- «aber ich sah unten das Schild - es handelt sich um Klavierunterricht - kann ich erfahren -»

Er tat etwas Unerwartetes. Er öffnete die Tür weiter, trat einen Schritt zurück und vollführte eine schwungvolle Bewegung mit dem Morgenrockärmel.

«Treten Sie ein, mein Freund», sagte er. «Treten Sie ein.»

«Sehr vielen Dank», murmelte ich und schritt mit eingezogenem Kopf über die Schwelle. Was zum Teufel sollte werden, wenn Alma gar nicht tot war? Ich sah mich schon am Klavier sitzen und Kreuztonarten üben.

Schopenhauer schloß die Tür hinter mir. Wir standen in einer mächtigen Diele. Das Licht fiel durch ein großes Buntglasfenster in den Raum, wahrscheinlich von einem Lichthof her. Die einzigen Möbel waren in der Mitte ein runder Tisch mit drei Armstühlen und ein hoher, schwerer Schrank aus dem gleichen Holz an der linken Wand. Der Rest der Wandfläche war fast vollständig bedeckt mit Gemälden unserer bewährten Tonkünstler, die nun schon alle nichts mehr von ihren Tantiemen hatten. Beethoven mit Halsbinde und grimmigem Blick, Schumann mit der glatten Pagenfrisur, Mozart heiter und mit Perücke. Wagner trug das Samtbarett mit Würde und sah gar nicht wie ein Sachse aus. Und dazwischen ich, der von Musik keine Ahnung hatte, ausgenommen vielleicht von schnellen Liedern aus New Orleans.

Mein Gastgeber trippelte nach rechts hinüber und öffnete eine hohe knarrende Tür.

«Wenn Sie hier eintreten wollen, mein Bester!»

Ich tat es und stand in einem erstaunlichen Zimmer. An den Wänden türmte sich bis unter die Decke fast nur Papier, unzählige Bücher und Broschüren in offenen Regalen und sagenhafter Unordnung. Die beiden Fenster der Tür gegenüber hatten keine Vorhänge, aber waren von außen von wirrem Weinlaub eingerahmt, das weit ins Zimmer hineinhing. Zwischen den Fenstern stand ein gewaltiger Schreibtisch. Er hatte es auch nötig, denn er war ungefähr mit einer Tonne an Papier und Büchern beladen. Zu beiden Breitseiten stand je ein Ohrensessel, wie Zwillinge und mit abgewetztem, brüchigem Leder überzogen. Auf einem der Bücherstapel thronte eine Wasserpfeife. Ihre Schläuche hingen gleich Armen eines gläsernen Tintenfisches über die Folianten herunter, und obendrin steckte eine halbe Zigarre, aus der leichter Rauch emporkräuselte. Neben dem rechten Sessel reckte sich ein altertümliches Fernrohr auf einem gespreizten Stativ zum Fenster hinaus. Die Tür, durch die ich gekommen war, wurde innen von zwei Marmorbüsten auf hohen Sockeln bewacht. Die Gesichtszüge der Herren waren schwer auszumachen, und so las ich mit zwei schnellen Seitenblicken die Inschriften unter den steinernen Busen.

Immanuel Kant.

Arthur Schopenhauer. Aha.

Der alte Herr deutete auf den linken Sessel.

«Dort ist ein Stuhl für Sie!»

Ich fand es an der Zeit, mich vorzustellen, bevor ich zum Abendessen eingeladen wurde.

«Erlauben Sie, daß ich mich bekannt mache», sagte ich artig. «Klein, Doktor Michael Klein. Ich bin Arzt - äh - hier in der Stadt.»

«Ich habe es gerochen, mein Lieber», erwiderte der Alte mit faunischem Grinsen und sah Schopenhauer ähnlicher denn je. «Sie gehen mit Medikamenten um, kein Zweifel. Setzen Sie sich doch.»

Verblüfft ließ ich mich auf das Leder nieder. Wenn alles so gut war an ihm wie seine Nase, dann hieß es vorsichtig sein.

«Ich heiße Wiebach», sagte er und setzte sich ebenfalls. «Professor Walter Wiebach. Oberstudiendirektor. Leider im Ruhestand.»

Aha. Ein leibhaftiger Rektor. Ich dachte blitzschnell an mein altes Gymnasium.

‹Klein, in der Pause zum Rektor!›

Ja. Und jetzt saß ich wieder vor einem und sollte ihm auch noch was vorlügen. Betragen mangelhaft.

«Entschuldigen Sie nochmals, Herr Professor», sagte ich. «Es ist nur eine Kleinigkeit - ich hätte es Ihnen auch an der Tür sagen können, aber Sie waren so freundlich -»

«Aber das tut gar nichts, bester Herr Doktor», rief er. «Ich bin ein alter Mann, habe nur Bücher um mich herum - ich rede gern einmal mit einem -» Schüler hatte er jetzt wahrscheinlich sagen wollen - «mit einem jüngeren Herrn. Aber wenn Sie wegen des Unterrichtes kommen, werde ich, so fürchte ich, nicht mehr viel für Sie tun können. Die Musiklehrerin war meine Schwester. Sie ist, wie ich bedaure sagen zu müssen, vor acht Wochen gestorben. Ja.»

Ich heuchelte Bestürzung, obwohl ich es gewußt hatte.

«Oh, das tut mir aber leid», murmelte ich. «Da bin ich ja vollkommen fehl am Platze. Wenn Sie gestatten -»

Er hob beide Hände in die Höhe.

«Nein, nein! Bleiben Sie nur. Es kommen sehr oft Leute wegen des Unterrichtes und auch viele ihrer alten Schüler. Ich muß nun endlich einmal das irreführende Schild entfernen. Aber bisher hatte ich zuviel anderes zu tun. Ja - mit alten Sprachen und Literaturgeschichte könnte ich Ihnen dienen - was aber die Musik betrifft, so hat die Natur diese Gabe in unserer Familie sehr einseitig verschenkt - sehr,

sehr einseitig.»

«Sicher war dafür das pädagogische Talent gleichmäßiger verteilt», sagte ich beflissen.

Er lehnte sich zurück und stützte das Kinn leicht auf die Fingerspitzen.

«Wir sind eine alte Lehrerfamilie. Schon im sechzehnten Jahrhundert sind Nachweise dieser Tätigkeit unserer Familie zu erbringen. Alles Schulmeister. Sie müssen wissen, ich bin damit beschäftigt, eine Chronik unserer Familie zu verfassen.»

«Interessant», sagte ich, obwohl mich von der ganzen Familie nur die Schwester Alma interessierte. «Arbeiten Sie auch astronomisch?»

«Ah, Sie meinen wegen des Fernrohres? Nun, ich beobachte zuweilen den Sternenhimmel. Aber ohne besonderen Ehrgeiz und nicht systematisch. Dennoch sieht man manches Aufschlußreiche.»

Bei diesen Worten kehrte das Satyrlächeln in sein Gesicht zurück, und ich suchte nach einem verborgenen Doppelsinn in seinen Worten, ohne einen zu finden.

«Auf jeden Fall haben Sie keinen Mangel an Beschäftigung», sagte ich und überlegte krampfhaft, wie ich ihn noch mal auf seine Schwester bringen könnte. «Wenn ich eines Tages im Ruhestand bin, werde ich einzig die verschiedenen Rotweinsorten ausprobieren.»

Wie auf einen Zauberspruch sprang er auf.

«Rotwein! Ein verpflichtendes Wort! Ich werde uns ein Glas herbeiholen.»

Ich sah verstohlen auf meine Uhr und versuchte einen lahmen Protest. Nichts zu machen! Er war schon an einem seiner Regale, räumte ein paar ehrwürdige Schwarten lieblos zur Seite und zog aus der Tiefe des Faches eine angebrochene Flasche Rotspon hervor. Die Gläser waren zwei Abteile weiter, ebenfalls getarnt durch Literatur. Das war ein Rektor nach meinem Geschmack. Hoffentlich kam er nicht noch auf die Idee, mich aus seiner Wasserpfeife rauchen zu lassen.

Die Gläser liefen voll mit leisem Glucksen. Der Rotspon war ausgezeichnet. Der Rektor hob sein Glas gegen das Fenster.

«Ein edler Tropfen, in der Tat! Ich würde mehr davon trinken, allein -» er lächelte schmerzlich - «die Gesundheit verbietet es. Und der Arzt.»

«Ein böser Mensch», bemerkte ich.

«Oh, sagen Sie das nicht. Kennen Sie übrigens Herrn Doktor Leopold?»

Ich bedauerte.

«Er war auf meinem Gymnasium. Ich war über Jahre sein Klassenlehrer. Ein ausgezeichneter Lateiner, das darf ich sagen. Auch das Griechische, wirklich, alle Achtung. Mit dem Deutschen - nun, hier waren die Leistungen weniger gleichmäßig. Wie dem immer sei - heute ist er unser Hausarzt, hat eine vortreffliche Praxis ganz in der Nähe. Trotz seiner Jugend ein gewissenhafter, sehr tüchtiger Arzt. Ich bin stolz auf ihn, wie ich mich freue sagen zu können.»

Der alte Herr nahm einen Schluck und fuhr fort:

«Ja, der Ulrich Leopold. Übrigens hat er auch meine Schwester behandelt. Er hat sich alle Mühe gegeben, wirklich. Leider vergeblich.»

Ich wurde wieder wach zwischen Wein und Bücherstaub.

«Woran - ist Ihre Frau Schwester gestorben, Herr Professor?»

Er hob die Hände zur Decke.

«An einer Lungenentzündung. Denken Sie, an einer Lungenentzündung!»

Es klang, als hätte er sich für seine Familienmitglieder originellere Todesursachen gewünscht. Auch ich war enttäuscht. Wieder so was Normales.

«Aus heiterem Himmel! Niemals krank gewesen - gewiß, es hat an kleinen Unpäßlichkeiten nicht gefehlt - aber so ein rüstiges Mädel, von uns beiden weitaus die Gesündere, weitaus!»

Ein rüstiges Mädel. Einundsiebzig Jahre. Ich räusperte mich verhalten.

«Sicher war Ihre Frau Schwester bedeutend älter als -»

«Aber keineswegs, Verehrtester! Für wie alt halten Sie mich?»

Ich erinnerte mich mühsam, daß der echte Schopenhauer gerade zweiundsiebzig geschafft hatte. Bei dem Aussehen -

«Sechsundsechzig», sagte ich.

«Falsch», rief er, wie von einem Pult herunter. «Siebenundsiebzig! Sehr zum Wohle, mein Bester!»

Ich trank und war platt. So munter noch, der große Bruder, und schon zwölf Jahre pensioniert.

«Meine Hochachtung, Herr Professor», sagte ich. «Ich, an Stelle des Kultusministers, hätte Sie im Dienst belassen.»

«Nun, nun», sagte er und wiegte das Denkerhaupt, «man ist auch so jung geblieben. Es ist der Geist, der sich den Körper baut. Und geistige Arbeit erhält jung. Mens medicus noster.»

Der Geist unser Arzt. Ich überlegte, wovon ich hätte leben sollen, wenn es überall so wäre. Wir tranken den letzten Schluck auf die Wissenschaft. Dann erhob ich mich entschlossen.

«Herr Professor - es ist sehr nett bei Ihnen. Leider habe ich noch ein paar Besuche zu machen. Erlauben Sie, daß ich mich jetzt verabschiede. Ich habe Sie sowieso schon viel zu lange -»

«Davon kann gar keine Rede sein, Doktor, überhaupt keine Rede. Ihr Besuch hat mich außerordentlich erfreut. Wenn Sie wieder in dieser Gegend weilen, versäumen Sie nicht, mich abermals aufzusuchen!»

«Sehr gern», sagte ich. Ich ging zur Tür, und mir war wirklich so, als wäre ich in der großen Pause beim Rektor gewesen und müßte nun zurück in mein Klassenzimmer. Ich warf einen Blick auf Schopenhauer, den Weisen, und einen zweiten auf die stummen Musikgiganten an den Wänden der Diele. An der Tür drückte ich die alte, faltige Hand des Professors.

«Leben Sie wohl», rief er. Er hatte wieder sein Faunlächeln im Gesicht und sah ungeheuer fröhlich aus damit. Ich hatte plötzlich das verteufelte Gefühl, als hätte er meinen Schwindel mit dem Klavierunterricht längst durchschaut und wüßte genau Bescheid über den wahren Grund meines Auftritts. Warum hatte er mich bewirtet? Warum, zum Teufel, war er so fröhlich, wo seine Schwester vor zwei Monaten gestorben war? Was wußte er von dieser Geschichte mit den toten alten Damen?

«Gleichfalls, Herr Professor», sagte ich. «Und nochmals vielen Dank.»

Die Tür schnappte ein. Dann verklangen seine Schritte, leise und hurtig, als trippelte die Hexe in ihr Schlafzimmer zurück.

Mein Wagen stand friedlich und stumm am Straßenrand. Ich schloß auf, ließ mich auf den Sitz fallen und dachte nach. Lungenentzündung. Nichts Besonderes im Frühjahr. Bei einundsiebzig Jahren schon gar nicht. Genausowenig wie die beiden kranken Herzen. Da lebten Scharen von Kriminalschriftstellern von immer neuen, sagenhaften Mordmethoden, und meine alten Damen starben auf so durchschnittliche Arten, daß man gähnen konnte vor Langeweile.

Ich wollte zum Anlasser greifen, als mir ein neuer Gedanke kam.

Ulrich Leopold!

Der Musterschüler mit dem ausgezeichneten Latein und den ungleichmäßigen Leistungen im Deutschen.

Und ganz in der Nähe.

Ich startete, rollte los, fand schnell eine Telefonzelle. Das Telefonbuch sah aus wie ein Sammelband der Fliegenden Blätter aus der Gründerzeit, hing aber trotzdem an einer gewichtigen Kette. Es gab eine Menge Leopolds, aber ich fand den richtigen, weil er Ulrich hieß und Doktor war und obendrein in der Mendelssohnstraße wohnte, also hier im musikalischen Viertel. Ich entschloß mich, nicht vorher anzurufen. War er zu Hause, konnte er mich schlecht abwimmeln, wenn ich einmal vor seiner Schwelle stand. Und Überraschung war vielleicht besser.

Nach kurzer Fahrerei hatte ich die Straße gefunden und das Haus. Es war ein Altbau, der den Endsieg überlebt hatte. Ich hielt an und blieb im Wagen sitzen. Die gleichen Bedenken erfaßten mich wie vorhin vor dem Klingelschild der toten Klavierlehrerin. Was in aller Welt trieb ich bloß hier? Schon den zweiten Mann an diesem Tag wollte ich mit einem Quatsch belästigen, der auf nichts als auf Vermutungen aufgebaut war, aus denen nicht einmal Sherlock Holmes der Unsterbliche einen Fall hätte machen können. Es war nichts als eine verdammte Neugierde, unwürdig eines aufrechten Mannes von einsfünfundneunzig. Ich griff zum Zündschlüssel.

In diesem Augenblick fuhr ein Volkswagen an mir vorbei, der ein ganz naher Verwandter von meinem sein mußte. Es war der gleiche alte Schlitten mit verblichenem Lack und halbblindem Chrom, und sein Motor knallte ebensolche unreinen Töne in die laue Mailuft wie meiner, wenn er lief. Der Wagen fuhr zur Bordkante heran und hielt fünf Meter vor mir. Auf seiner hinteren Stoßstange, deren rechtes Horn melancholisch nach unten hing, sah ich ein kleines weißes Schild mit einem roten Äskulapstab, dem Abzeichen unserer weltweit verbreiteten Gilde. Ich ließ meine Hand vom Schlüssel und wartete.

Die linke Tür öffnete sich mit leichtem Kreischen. Heraus stieg ein pausbäckiger junger Mann von vielleicht achtundzwanzig. Er hatte semmelblondes, kurzgeschorenes Haar, trug eine Hornbrille und unter dem Arm eine Ledermappe, die der meinen so ähnlich war wie mein Auto seinem Vordermann. Sein Anzug war leicht zerknittert und schlug fröhliche Falten um die Figur.

Kein Zweifel. Das mußte Ulrich, der gute Lateiner, sein. Er hatte seine Besuche abgeklappert, genau wie ich und nahezu in dem gleichen Auto. Trotz der vortrefflichen Praxis im Musikviertel schienen die Einnahmen zu einem neuen noch nicht ausgereicht zu haben. Es war wirklich der Fluch unseres Standes, schon in jungen Jahren die Grundlage für den späteren Bandscheibenschaden zu schaffen, schneller als andere Grundlagen.

Es gab mir neuen Mut, daß Ulrich es offenbar nicht weiter gebracht hatte als ich. Er schien von meinem Kaliber zu sein. Der Typ eines blasierten Hochschuldozenten hätte mich in die Flucht geschlagen.

Ich stieg aus und knallte meine Tür zu. Er wandte den Blick zu mir und meinem Gefährt. Wir schlossen zu gleicher Zeit unsere Türen ab, obwohl das nicht nötig gewesen wäre. Ich lächelte, und er lächelte zurück.

«Einundfünfzig, wie?»

«Juli.»

«Meiner August.»

Wissendes Kopfnicken auf beiden Seiten. Langsam schlenderte ich vorwärts.

«Geht er noch einigermaßen?»
«Er gibt sich Mühe. Braucht bloß 'ne Menge Öl.»
«Wieviel drauf?»
«Hundertsechzig. Sie?»
«Hundertfünfundsiebzig.»
«Oh, peinliche Zahl.»

Wir lachten beide über meinen gigantischen Witz. Es wurde Zeit, zur Sache zu kommen.

«Ich sehe in Ihnen einen Leidensgefährten, Herr Kollege», sagte ich.

«Ach! Sie sind...»

«Klein. Praxis Albrechtstraße. Sind Sie Doktor Leopold?»

«Das bin ich», sagte er. Wir schüttelten uns die Hände.

Zu meiner Freude schien es ihm gar nichts auszumachen, daß ich mich in seiner Gegend herumtrieb. Seltener Fall. «Entschuldigen Sie, wenn ich nach des Tages Last und Müh noch hier aufkreuze», fuhr ich fort. «Wenn es Ihnen paßt, hätte ich Sie gern kurz gesprochen.»

«Kommen Sie, Kollege, kommen Sie», antwortete er. «Bei Ihnen bin ich sicher, daß Sie mir keine Beschwerden schildern.»

«Da sei Gott vor», sagte ich.

Ich half ihm, die Haustür aufzustemmen. Flur und Treppenhaus sahen so aus und rochen so wie beim Rektor. Als Zugabe war ein Fahrstuhl da, mit Scherengitter und doppelter Schiebetür, früher bedient von livrierten Fahrstuhlführern und heute meistens außer Betrieb. Leopold fummelte mit einem gewaltigen Schlüssel daran herum, ich sah mich beim Eintreten in einem trüben Spiegel, und dann hob sich das Ding wahrhaftig mit uns in die Höhe.

«Kaum zu glauben», sagte ich.

«Ja. Meistens steht er fest. Das haben die Altersherzen nicht gerne. Von den Arthrosen ganz zu schweigen. So. Sport und Galanteriewaren. Bitte sehr.»

Wir standen im zweiten Stock. Zwei Türen lagen sich gegenüber. Neben der rechten prangte Leopolds Firmenschild. Gleich darauf gewahrte ich die übliche herrschaftliche Diele. Aber sie war freundlich eingerichtet, und die Türen glänzten in weißem Lack und trugen die Schilder, die man von der Steuer absetzen kann.

Sprechzimmer. Wartezimmer. Privat. Toilette.

Sogar ein Labor hatte er.

«Wollen Sie mal rumsehen, ja?»

«Sehr gern.»

Wir traten ein. Im Wartezimmer die Mappe mit den Illustrierten von vor vier Monaten, Preis fünfzig Pfennig pro Woche. Bequeme Stühle und eine Tafel mit der gereimten Aufforderung, doch bitte den

Krankenschein zu besorgen, als bescheidene Gegenleistung für die ganze Kunst und viele Mühe des Arztes. Im Labor hatte er neben Flaschen, Reagenzgläsern, Zentrifuge und Mikroskop einen älteren Kurzwellenapparat mit gewaltigen Schaltern. Die Toilette ließen wir aus. Im Sprechzimmer herrschte eine milde, aber noch überschaubare Unordnung. Viel mehr an Literatur stand und lag herum als bei mir. Sicher der fortwirkende Einfluß des Rektors. Die Finanzlage konnte ich nach einem Blick auf die Karteikästen abschätzen. Mehr Private, weniger Kasse. Im Endergebnis ungefähr das gleiche.

«Setzen sich 'n Moment», sagte Leopold. «Ich packe nur meinen Kram aus und mache ein paar Eintragungen.»

Ich hockte mich in den Beschwerdestuhl und dachte nach, während er schrieb. Was sollte ich ihm erzählen? Reiner Schwindel hatte keinen Wert. Früher oder später würde er den Rektor treffen und dahinterkommen. Er sah auch nicht so aus, als ob man ihm etwas vorlügen müßte. Ich beschloß, etwa bei der Mitte zu bleiben.

Er war fertig und sah auf.

«Das wär's für heute. Feierabend.»

«Viel Besuche?»

«Eigentlich nicht. Aber - muß bei meinen Leutchen sitzen bleiben und klatschen. Besonders mittwochs. Und Kaffee und Kuchen und so. Und die Frau Geheimrat im ersten Stock wollte auch noch ein Rezept. Na, Sie wissen -»

Ich nickte.

«Schlage vor, daß wir uns rübersetzen. Haben Sie was gegen Cognac?»

«Nicht, wenn der Blutspiegel unter eins fünf bleibt. Bin hier nicht so bekannt.»

Wir verließen das Sprechzimmer. Hinter der Privattür ging die Wohnung weiter. Sein Wohnzimmer war voll von elterlichem Nachlaß mit einer netten Trinkecke. Ein Ding wie ein altes Grammophon entpuppte sich als getarnter Eisschrank, aber der Napoleon stand, ohne zu frieren, daneben, wie es sich gehörte. In den Sesseln saß man tief und sicher. Wir tranken das erste Glas. Ich stellte mir vor, wie der Napoleon sich mit dem Rotwein des Rektors vermischte.

Beim zweiten wurden die Magenwände warm. Netter Abschluß des Tages. Ich mußte anfangen, bevor ich vergaß, weswegen ich hergekommen war.

«Tja, was ich Sie fragen wollte, Herr Leopold - es kommt Ihnen sicher komisch vor. Ich erkläre Ihnen hinterher, was los ist. Ich, äh - ich hatte eine Patientin - und - die war mit einer Dame bekannt, die in Ihrer Behandlung stand.»

Leopold hörte mit höflicher Aufmerksamkeit zu. Sonderlich interessiert schien er nicht.

«Ihre Patientin war eine Frau Wiebach-Thomsen, Alma Wiebach-Thomsen. Sie soll vor etwa acht Wochen gestorben sein.»

Leopold nickte sofort, ohne jede Überraschung.

«Stimmt, ganz recht.»

«So», sagte ich, «das ist also richtig. Was ich nun wissen wollte, ist folgendes: Hatten Sie den Eindruck, daß das - daß das ein ganz natürlicher Exitus war?»

Einen Augenblick saß er völlig still. Seine Augen blieben unverwandt auf mich gerichtet. Dann öffnete sich der Mund zwischen den Pausbacken. Der verblüffte Ausdruck wich nicht, als er sprach.

«Na, das ist wirklich komisch, Kollege!»

«Was?»

«Sie sind der dritte, der mich das fragt.»

Wir saßen uns gegenüber wie ältere Denkmäler. Ich bemühte mich, meine Miene beizubehalten, hinter der die gleiche Verblüffung saß wie auf seiner.

Mit zweien hatte ich gerechnet. Nicht mit einem dritten. Ich begann zu lächeln und lehnte mich zurück.

«Das ist wirklich komisch. Der dritte?»

«Ja. Der erste war ein Herr namens Krompeter oder so ähnlich. Anwalt. Wollte dasselbe wissen. Erbschaftsangelegenheit.»

«Wann kam er?»

«Kurz nach ihrem Tod. Paar Tage.»

«Aha. Und der zweite?»

«Der zweite war ihr Bruder. Alter Lehrer von mir, lange pensioniert.»

«Sieht aus wie Schopenhauer, was?»

Leopold schlug sich auf die Schenkel.

«Den kennen Sie? Aber Sie waren doch nicht auf meiner Penne, oder?»

«War ich nicht. Aber ich kenne ihn trotzdem. Erzähle Ihnen gleich, woher. Sagen Sie mir nur noch - wann kam der denn?»

Leopold servierte uns den dritten. Als die Gläser voll waren, ließ er die Hand an der Flasche und faltete seine Babystirn.

«Das ist noch gar nicht lange her. Deswegen war ich so erstaunt, daß heute schon wieder einer kommt und fragt. Es war am Sonnabend.»

«Vergangenen Sonnabend?»

«Ja, vergangenen Sonnabend.»

Ich trank langsam und stellte mir eine Frage.

Warum war der Rektor erst jetzt gekommen? Warum nicht sofort nach dem Tod seiner Schwester, wie Krompecher?

Leopold kippte das edle Getränk in einem Schwung hinunter, setzte das Glas hörbar auf die Tischplatte.

«Nun sagen Sie mir bloß -»

Ich sah ein, daß ich ihm für seine Offenheit allerhand an Erklärung schuldig war. Fünfundneunzig von hundert anderen hätten die Karten zugehalten wie ein Schotte seine Hosentasche, hätten herumgeredet, Unwissen geheuchelt und zwischendurch auf die Uhr gesehen, wie immer in unserem vortrefflichen Land, wo jeder vor jedem Angst hat. Nichts davon bei Leopold - vom Cognac ganz zu schweigen.

Ich erzählte, was mir mit Jenny Herwig widerfahren war. Mechthilds Tante ließ ich aus, ebenso das Bild auf den Nachttischen mit den höheren Töchtern. Es war sicher, daß bei Alma das gleiche Bild gestanden hatte, auch wenn Leopold sich nicht mehr daran erinnerte. Zwischendurch schwindelte ich ein bißchen.

«Von der Schwester von Frau Herwig hörte ich beiläufig, daß eine ihrer Bekannten vor acht Wochen plötzlich gestorben wäre. Eben Frau Wiebach. Heute fahre ich hier rum und sehe den Namen in der Beethovenstraße. Die ganze Zeit hatte mich die Neugier geplagt, was der Krompecher wirklich gewollt hatte. Deswegen ging ich rauf und stieß auf Ihren Schopenhauerrektor. Und der erzählte mir von Ihnen.

Ich weiß nicht warum, aber er tat es.»

Leopold sah lächelnd und verträumt auf den Tisch, und in diesem Augenblick sah er wirklich aus wie der ausgezeichnete Lateiner kurz nach der Versetzung in die Oberprima.

«Ach, er ist eine rührende Seele. Gar nichts Besonderes, daß er mit Ihnen redete. Die ganze Schule kommt heute noch zu ihm, würdige Herren, die schon Hosenträger brauchen und zu ihren Frauen Mutti sagen - und er drückt sie alle noch an die Wand, mit Latein und Deutsch und mit der Gesundheit.»

«So kam er mir auch vor», sagte ich. «Aber warum hat er diese Frage gestellt? Woher kommt denn die verdammte Idee, daß irgendwas nicht in Ordnung wäre mit den alten Tanten?»

«Ich fange an, auch neugierig zu werden», erwiderte Leopold und stand auf. «Kommen Sie - sehen wir uns die Karte an.»

Ich folgte ihm ins Sprechzimmer. Wir setzten uns an den Schreibtisch. Er kramte die Karte heraus, und dann studierten wir sie im Schein des staubigen Lampenschirms aus grünem Glas wie zwei Spione, die im Schoß der Nacht eine Meldung auswerten.

Leopold machte die Karten wie ich. Nur seine Vorgeschichten waren um vieles gründlicher als meine, und seine Schrift konnte man besser lesen.

«Sie nehmen einen roten Punkt bei den Privaten? Ich male 'n P in die Ecke, auch rot.»

«Rot ist die Farbe des Goldes», sagte er.

Da stand sie. Alma Wiebach-Thomsen. Geburtsdatum 28. 11. 87. Möglicherweise die älteste meiner Damen und gerade noch in deren Klasse reingerutscht.

Wohnung Beethovenstr. 6, I.

Ehemann vor acht Jahren an Lungenkrebs gestorben.

«Wer war der Herr Thomsen?» fragte ich.

«Universitätsprofessor. Alte Geschichte, glaube ich. Habe ihn in der Praxis nicht erlebt. Nur ein paarmal gesehen, als ich den Alten besuchte. Er war schon ziemlich fertig damals.»

«Eine lausig gelehrte Familie.»

«Kann man sagen.»

Alma hatte als Kind Keuchhusten gehabt und dann Scharlach mit Mittelohrvereiterung beiderseits. Der Blinddarm war schon 1902 entfernt worden, sozusagen eine Pioniertat. Und dann hatte sie nie wieder etwas gehabt, wie der Rektor gesagt hatte. Sie war in den letzten Jahren immer mal zur Allgemeinuntersuchung bei Leopold gewesen, nichts Besonderes, keine Befunde. Er hatte hin und wieder Besuche gemacht, sich nach dem werten Befinden erkundigt, mit dem Rektor Rotwein getrunken, ich konnte mir den Verlauf vorstellen.

Und dann kam der Kladderadatsch. Anfang März Grippeinfekt, Grippebronchitis, erst Pillen, dann Penicillin, dann Unterstützung des Kreislaufes. Krankenhaus wird abgelehnt. Immer häufigere Besuche, trotzdem Bronchopneumonie, feinblasige, klingende Rasselgeräusche über den Unterfeldern, dann überall. Zuletzt Tag- und Nacht-Eilbesuche in dichter Folge. Ich sah förmlich Leopold in sein altes Vehikel springen. Kreislauf miserabel, fürs Krankenhaus sowieso zu spät. Und dann am 18. März das Kreuzchen, sauber gemalt. Wahrscheinlich war er in Zeichen und Kunstbetrachtung auch gut gewesen.

‹Exitus let. Totenschein ausgestellt. Sektion nicht beantragt.›

Wir hoben die Köpfe zu gleicher Zeit und sahen uns an. Die Wanduhr tickte leise über uns, sonst war nichts zu hören.

«Ja», sagte Leopold und strich sich über die Stirn. «Das war's. So wird man an seine Erfolge erinnert. Aber im Krankenhaus wäre es auch nichts geworden, ob sie ihr nun noch Sauerstoff unter die Nase gehalten hätten oder nicht. Es war eben alle. Sie war immer auf Draht gewesen, ihre Vitalkraft hatte bis dahin gelangt, und nun war's alle. Was ist daran unklar?»

«Nichts», sagte ich.

«Und was ist dran an der Geschichte? Das kommt jeden Tag zehnmal vor. Das ist ein Fall, bei dem die Studenten im Hörsaal nicht mal mehr aufwachen, wenn er vorgestellt wird! 'ne alte Frau mit 'ner Grippepneumonie! Da leert sich doch der Saal!»

«Vollkommen klar», antwortete ich. «Aber wie kommt der Alte jetzt auf einmal darauf, dran zu zweifeln? Und warum rennt dieser Krompecher überall herum und schnüffelt nach unnatürlichen Todesursachen? Wundert Sie das nicht?»

«Mich wundert vieles», murmelte Leopold und schwenkte die Karte in der Luft. «Aber nicht das. Diese Lunge, ihr Herz - nee.»

Und Bertha, dachte ich. Und das Bild.

Ich fragte: «Hatten Sie viele Grippefälle hier herum im Frühjahr?»

Leopold schob die Karte an ihren Platz zurück.

«Nicht mehr als normal.»

Er nahm seine Brille ab und putzte an den Gläsern herum, mit dem typischen Blick des Brillenträgers ohne Gläser. Blinzelnd, schielend, fremde Augen in einem anderen Gesicht.

«Mancher hat eben Pech. In diesem Fall war's Alma. Und so hab ich's auch dem Alten gesagt.»

«Haben Sie ihn nicht gefragt, wie er auf die Idee käme -»

«Nein. Alte Leute kommen oft auf seltsame Ideen, wenn sie plötzlich einsam sind und allein. Mir kam das so vor, als könnte er sich nicht damit abfinden, nachdem die erste Betäubung weg war. Stellen Sie sich vor, den ganzen Tag Klaviergeklimper und Singerei in der

Bude - und dann auf einmal Totenstille. Hat ihn sehr wahrscheinlich doch mitgenommen.»

Ich dachte daran, wie wenig mitgenommen der alte Mann heute ausgesehen hatte. Aber ich schwieg. Leopold setzte seine Brille auf.

«Na, kommen Sie, nehmen wir noch einen, bevor er sauer wird.»

«Allgemeine Zustimmung auf den Bänken des Hauses», sagte ich. «Lassen wir die Toten tot sein.»

Wir senkten den Spiegel in der Flasche noch um ein paar Striche und erzählten dabei von früheren Zeiten, von Professoren, die wir gemeinsam kannten. Schließlich kamen wir auf neue Möglichkeiten, die Steuer im Rahmen des Gesetzes zu betrügen. Dann waren die üblichen Themen unter Medizinern erschöpft, und für mich war es Zeit, nach Hause und in mein Bett zu gehen.

«Herr Leopold», sagte ich, «ich werde mir erlauben, Sie zu passender Gelegenheit mit meinen Vorräten bekannt zu machen. Für heute meinen tiefempfundenen Dank.»

«Keine Ursache», antwortete er. «Allein hätte ich das Doppelte getrunken, und das bekommt mir nicht.»

Er brachte mich vor die Haustür. Mein Motor donnerte in der Stille wie ein Schwarm von Düsenjägern. Ich machte, daß ich wegkam, bevor irgendein Ministerialrat a. D. die Funkstreife alarmierte.

Als ich meine Gemächer betrat, war es halb zwölf. Ich war noch ein bißchen aufgedreht vom Geiste Napoleons und nicht geneigt, so plötzlich vom Alkohol zu scheiden. Ich zog mir eine Flasche Pils aus dem Eisschrank und setzte mich auf meinen Miniaturbalkon, der auf den Hof hinausging. Das Mondlicht fiel über die Rückfronten unseres Karrees und zeichnete die Schattenlinien der Teppichstangen über den Sandboden.

Nur wenige Fenster glimmten noch. Hoch über mir blinkten rhythmische Lichter eines Flugzeuges, das zur Landung ansetzte. Langsam saugte ich das kühle Bier aus dem Flaschenhals. Meine dritte Sorte heute. Ich sah den Schopenhauerkopf des Rektors mit seinem Faunlächeln und das gutmütige Antlitz seines Schülers Leopold. Kein uninteressanter Tag, dem Horoskop zum Trotz. Aber rausgekommen war nichts. Eine banale Lungenentzündung, ohne die geringste Auffälligkeit. Drei tote alte Damen, zwei Kollegen, ein Rektor außer Dienst und ein Rechtsanwalt im Dienst. Kein Zusammenhang, leere Luft, wo man hinfaßte.

Ach ja, und Mechthild, meine schöne Stütze. Ich nahm einen tiefen Schluck. Sicher schlief sie jetzt schon, oben in ihrem Zimmerchen in der Wendelstraße acht. Ich sah sie vor mir, mit schief geneigten Flaumfedern und Stupsnase, und plötzlich merkte ich, daß ich lächelte im Dunkeln.

Das Aufstehen am nächsten Morgen ging noch weniger leicht vonstatten als sonst. Die Hirnschale war um eine halbe Nummer zu klein geworden, und die Zunge schmeckte nach alter Pappe. Nach Zähneputzen, Mundwasser und kräftigem Kaffee bildeten sich die Erscheinungen weitgehend zurück. Ich rieb noch eine kräftige Prise Kölnisch Wasser an die Denkerstirn und las dann die Zeitung. Das Horoskop wies mich an, mir ab Mittag nichts mehr vorzunehmen. Dem sei kein Erfolg beschieden. Mit diesem Rat versehen, ging ich zur Praxis hinüber.

Vor der Tür hörte ich das Geräusch des gleichmäßig bewegten Bohnerbesens. Mechthild war schon da und polierte das Linoleum, um meine Spuren zu tilgen. Ich klapperte mit dem Deckel des Briefeinwurfes. Sie öffnete.

Ihr Gesicht war ein bißchen blaß, sonst in Ordnung.

«Morgen! Was gucken Sie so?»

«Man wird doch noch gucken dürfen», sagte ich. «Schließlich waren Sie einen ganzen Tag nicht da. Alles gut überstanden?»

Sie nickte. «Sie wissen ja, wie das ist. Traurig, daß man heulen möchte, und auf einmal kommt einem ein ganz komischer Gedanke -»

«Was für einer?»

Sie schlug die Wimpern nach unten.

«Ach, ich - stellte mir vor, daß Tante Bertha selbst mit vor ihrem Sarg stände und was sie sagen würde - und da schämte ich mich, weil ich lachen wollte -»

«Geht vielen Leuten so», sagte ich. «Das ist ein Zeichen des Lebens. War die Mama auch da?»

«Sie ist noch da. Bleibt ein paar Tage mit im Haus und kümmert sich um alles.»

«Prima. Na, ich geh Ihnen aus dem Weg.»

Am Schreibtisch vollführte ich die gewohnten morgendlichen Übungen und las die Post durch, die vom vergangenen Nachmittag liegengeblieben war. Der Auszug meines Steuerkontos war gekommen, und ich entnahm ihm, daß ich mit der Kirchensteuer wieder im Rückstand war. Schlimm für einen Christen. Eine Autofirma bot mir das neueste Modell an.

‹Wollen Sie noch sicherer fahren?› und so weiter.

Ich wollte schon, aber die Sicherheit war zu teuer.

Die Werbeprospekte las ich nur mit einem Auge. Einer davon empfahl ein überragendes Mittel für Altersherzen, und als ich ihn zusammenknüllte, kam mir eine Idee.

Ich wartete. Mechthild hörte draußen zu bohnern auf. Dann brach-

te sie die sauberen Spritzen herein. Langsam drehte ich mich mit dem Stuhl.

«Ach, was ich fragen wollte, Mechthild – waren eigentlich welche von den Schulfreundinnen da? Ich meine, von denen auf dem Bild – wissen Sie?»

«Ach, natürlich!» rief sie und setzte die Spritzen klirrend auf die Glasplatte. «Das hätte ich beinahe vergessen. Die ganze Zeit habe ich überlegt, was ich Ihnen erzählen wollte!»

«Seltener Fall», murmelte ich.

«Wie?»

«Ach, nichts. Was war's denn?»

«Ich hab sie gesehen – die zwei anderen! Mutti hat sie mir gezeigt und mich bekannt gemacht.»

«Tatsächlich?»

«Ja. Und die eine kennt Sie! Frau Lansome! Sie sind doch bei ihrer Schwester gewesen - Frau Herwig - das war doch eine von denen auf dem Bild. Die vor einer Woche gestorben ist - erinnern Sie sich nicht?»

«Na, so was», sagte ich. Ich log schon ganz gut. Training bringt Erfolg.

«Ja. Frau Lansome will bald kommen und sich untersuchen lassen. Ich glaube, sie hat Angst, es könnte ihr so gehen wie den beiden anderen.»

«Schon möglich», antwortete ich. «Und wie sah die zweite aus?»

Mechthild hielt die Hand vor die Lippen.

«Da hätte ich beinahe wieder gelacht! Aber dann tat sie mir leid. Sie - sie ist ganz anders als Tante Bertha und Frau Lansome -»

«Wie?»

«Ich will nichts Unrechtes sagen - aber ich glaube, die ist - furchtbar dumm. - Wie sie sich angezogen hatte - einen Kapotthut hatte sie, mit einer unmöglichen Nadel -»

«Wer weiß, wie wir mit siebzig aussehen», sagte ich lächelnd.

«Ja, ja, ich will auch nicht lästern - dabei sieht sie viel jünger und gesünder aus, und sie ist doch aus derselben Klasse - und nun -»

Mechthilds Gesicht blieb ernst, aber ihre Augen funkelten vor Vergnügen.

«Was nun?»

«Nun hat sie gehört, daß Frau Lansome bei Ihnen ist und daß Sie auch bei ihrer Schwester waren und bei Tante Bertha - und weil ich auch hier bin, will sie jetzt zu uns kommen - wahrscheinlich schon in den nächsten Tagen - und sie will sich ganz gründlich -»

«Tatsächlich?»

«Ja. Ich habe gesagt, Sie würden sich bestimmt freuen. War das richtig?»

Das war die Dorothea Lindemann, die mir noch fehlte.

«Sie sind Ihr Gewicht in Platin wert, Mechthild», sagte ich. «Sogar während der Beerdigung denken Sie ans Geschäft und an mein Wohlergehen, obwohl Kundenwerbung in unserer Branche verboten ist. Und nun schlage ich vor, daß die Firma Groß und Klein mit der Arbeit anfängt. Schon welche zur Spritze da?»

«Drei. Die Frau Segmüller und -»

«Ziehen Sie ihren Cocktail auf. Euphyllin - Stroph, Sie wissen ja.»

«Jawohl, Herr Doktor.»

Ich betrachtete sie, während sie mit den Ampullen hantierte, und dachte dabei an die Trauergemeinde vor dem Sarg. Dabei kam mir die zweite Idee an diesem Morgen - und keine schlechte.

«Da fällt mir noch was ein», sagte ich. «Haben Sie gestern unter den Leuten einen alten Herrn gesehen? Klein, großer Schädel, weißer Haarkranz? Sieht aus wie Scho - wie ein Zwergenkönig aus Grimms Märchen. Gar nicht zu übersehen.»

Mechthild nahm die Nadel aus dem Ampullenhals.

«Den hab ich gesehen! Er hat auch mit Frau Lansome gesprochen. Er war so klein und hatte eine furchtbar große Hutkrempe - bestimmt war er das! Woher kennen Sie den?»

«Von Frau Lansome her», sagte ich gleichmütig, aber mir war nicht sehr wohl in diesem Augenblick. «Irgendein Bekannter aus dem gleichen Jahrhundert. Na, rein mit Frau Segmüller.»

Die Patientin kam. Ich gab die üblichen Sprüche von mir und stach die Vene an, bis das Blut wie ein roter Schleierpilz in die Spritze stieg. Aber meine Gedanken waren dreißig Stunden zurück.

Der Alte. Früh war er bei der Beerdigung gewesen, und am Nachmittag tauchte ich bei ihm auf, erzählte was von Klavierunterricht und fragte nach seiner Schwester. Kein Schatten von einem Zweifel, daß er sofort gewußt hatte, wer ich war. Er kannte die Schulfreundinnen, er hatte auch Jennys Beerdigung mitgemacht, Agnes Lansome hatte ihm von mir erzählt, bestimmt hatte sie das, und ebenso bestimmt hatte er gestern vormittag erfahren, daß ich auch bei Tante Bertha gewesen war. Meine Länge war mein Steckbrief. Daher seine Gastfreundschaft und sein Faunlächeln die ganze Zeit.

Welche Rolle spielte er bei alledem? War er auf dem gleichen Weg wie ich? Oder auf einem anderen?

Der Stempel war unten, die Spritze leer. Ich zog die Nadel heraus und drückte den Tupfer auf die Wunde. Die Patientin ging, andere Leute kamen und gingen wieder. Ich redete und schrieb wie ein Automat. Meine Gedanken zogen immer den gleichen Kreis.

Es mußte einen Weg geben weiterzukommen. Beim Rektor und seinem Schüler konnte ich nicht schon wieder auftauchen, die fielen aus. Agnes würde kommen und Dorothea Lindemann. Die blieben in der Hinterhand. Aber da war noch Krompecher, der emsige Anwalt. Er hatte mich überfallen und mir Fragen gestellt. Warum sollte ich nicht das gleiche bei ihm tun? Er mußte einen Grund haben für seine Schnüffelei.

Um halb zwölf war mein Laden leer. Mechthild steckte ihr Köpfchen durch den Türspalt.

«Niemand mehr da, Herr Arbeitgeber. Kann ich rasch zur Apotheke und unsere Sachen abholen?»

«Sie können», antwortete ich. «Der Alkohol ist nicht zu Trinkzwecken geeignet.»

«Ich heiße ja nicht -» sagte Mechthild und schloß die Tür.

Ich lächelte leise vor mich hin. Dann zog ich das Telefonbuch aus dem Regal und blätterte unter K. Ich hatte die Nummer von Tante Berthas Hausarzt wieder vergessen.

Er war selbst am Apparat. Schien mehr zu tun zu haben als ich. Oder er machte langsamer.

«Doktor Klein», sprach ich in den Trichter. «Herr Kollege Koch - ich bin derjenige, der am Sonntag bei Frau von Scherff war, bevor sie -»

Er erinnerte sich ohne weiteres.

«Äh - ich wollte mich bei Ihnen bedanken, daß Sie sich so nett meiner Mitarbeiterin angenommen haben - Fräulein Groß - ja, ganz richtig - nein, sie scheint es leidlich überwunden zu haben - ja - jetzt ist ja auch ihre Mutter hier, da wird sie - jawohl.»

Das Gespräch fing an, stillzustehen wie ein Glücksrad auf dem Jahrmarkt. Ich mußte zur Sache kommen.

«Ach - eine Frage hätte ich noch, Herr Kollege - fällt mir gerade ein - ist bei Ihnen ein Doktor Krompecher aufgetaucht - ein Rechtsanwalt, der etwas über die Todesursache erfahren wollte -»

Von drüben kam keine Antwort. Nicht mal atmen hörte ich ihn.

«Ich frage nur - er war nämlich auch bei mir - wegen der Frau Herwig, von der ich Ihnen erzählte - die Schulfreundin von Frau von Scherff - ich wußte nicht viel mit ihm anzufangen - deswegen -»

Mein Gestotter begann mir auf die Nerven zu gehen. Ihm wahrscheinlich auch. Ich wartete und war froh, als er antwortete.

«Nun, wenn es sich so verhält, Kollega - dieser Herr ist bei mir gewesen. Am Dienstag. Ich habe ihm die Auskünfte gegeben, die ich zu geben für notwendig hielt.»

Mein Hals war etwas trocken bei der nächsten Frage. Der Umgang mit den vielen alten Leuten machte mich schüchterner als sonst.

«Sie haben doch sicher auch die Möglichkeit eines unnatürlichen Todes verneint - ich meine, für den Fall, daß der Herr Krompecher auch noch zu mir kommen sollte -»

«Ich habe sie verneint, Kollega», sagte Koch gemessen. «Voll und ganz verneint. Ich halte es nicht für meine Aufgabe, Hirngespinste zu fördern.»

«Recht herzlichen Dank!» rief ich. «Vielen Dank für Ihre Auskunft, Herr Doktor. Entschuldigen Sie, wenn ich Sie damit aufgehalten habe -»

«Meine Grüße an Fräulein Groß», sagte er ungerührt. «Auf Wiederhören, Kollega.»

Das Knacken unterbrach meine Entgegnung.

Mit zwei Fingern legte ich den Hörer auf seinen Platz und kippte mit dem Sessel hintenüber.

Wieder kein Bundesgenosse.
‹Ich habe sie verneint, Kollega. Voll und ganz verneint.›
Sah wirklich so aus, als ob ich der einzige Verrückte wäre.
Die Tür draußen wurde geöffnet und knallte zu.
Mechthild war zurück.
«Bin wieder da.»
«Schon gehört. Was sagt der Apotheker?»
«Viele Grüße.»
«Ich haue gleich ab, Mechthild. Besuchstasche klar?»
«Alles drin. Essen Sie nicht?»
«Unterwegs», sagte ich.

Als ich abfuhr, sah ich Mechthild am Fenster des Wartezimmers. Sie stand da, ganz unabsichtlich, und dann sah sie mich und winkte mir zu, als wollte sie mir Glück wünschen für das, was ich vorhatte.

Ich mußte ins Zentrum. Mein Wagen fiel dort noch mehr auf als in unserem friedlichen Bezirk. Die Modelle, zwischen denen ich parkte, waren so stolz wie der Parkwächter.

Seine Stimme verriet Mißbilligung.
«Bleiben Sie lange hier?»
«Wie lange darf ich denn?»
«Über Nacht kostet's zwei Mark, Herr.»
Es machte ihm sichtlich Mühe, mich als Herrn einzustufen.
«Hab schon teurere Nächte erlebt», sagte ich. «Nee, höchstens 'ne Stunde.»
«Eine Mark.»

Ich zahlte, beeindruckt von dem Preisgefälle, und bekam einen Zettel. Der Wächter klemmte die andere Hälfte unter den Scheibenwischer meines Untersatzes. Dann ging er und verschwendete keinen Blick mehr an uns.

Ich schlängelte mich zwischen den Wagen durch, bis ich die Straße erreichte. Auf der anderen Seite erhob sich der Block, in dem Krompechers Büro sein mußte. Eine neuzeitliche Geschäftskaserne aus Beton und Glas, mit viel Neonschrift und niedlichen Sekretärinnen hinter den Kippfenstern. Das Erdgeschoß bestand nur aus Läden, die hinter Säulenarkaden zurückgebaut waren. Neben einer knallbunten Espressostube, in der die Männer Maßanzüge trugen und die Damen Pudel bei sich hatten, fand ich den Haupteingang. Zu beiden Seiten des Portals türmten sich glänzende Messingschilder übereinander. Film, Import-Export, Vereinigte Walzstahl, wieder Film.

Und dann Krompecher.
Kanzlei fünfter Stock.
Sprechzeit nach Vereinbarung.

Während mich der Lift lautlos nach oben hob, rechnete ich mir

meine Chancen aus, Krompecher anzutreffen. Neunzig zu zehn dagegen. Die einzige Hoffnung war das Horoskop, das mich gewarnt hatte, mir ab Mittag etwas vorzunehmen. Danach bestand eine gewisse Aussicht auf Erfolg.

Die Kabine hielt mit weichem Ruck. Ein Messingpfeil zeigte die Richtung. Ich schlenderte durch den Gang und landete vor einer soliden Tür mit Krompechers Namen und Beruf.

Es war kein Geräusch einer Klingel zu hören, als ich den Knopf drückte, aber nach kurzer Zeit schnarrte es im Schloß, und die Tür gab nach. Ich trat über die Schwelle und sah in die tiefbraunen Augen einer Titelblattschönheit. Sie sah mich an, als hätte sie den ganzen Vormittag nur auf mich gewartet und wäre vor Sehnsucht schier vergangen.

Das Mädchen saß hinter einer flachen Barriere aus dem gleichen Holz wie die Tür. Sie trug eine Satinbluse mit feinen schwarzsilbernen Querstreifen. Die Knöpfe waren silberne Viertelmonde. Ihr Haar war weißblond und wie von einem Windstoß hochgepustet. Sie lächelte recht entgegenkommend, aber ihr Blick schien einem das Geld in der Brusttasche zählen zu können. Vor ihr standen zwei Telefone. Zwischen silbernen Fingernägeln hielt sie einen Kugelschreiber mit lässiger Anmut, auch aus Silber.

«Guten Tag», sagte sie zwischen Super-Colgate-Zähnen hindurch.

«Wie kann ich Ihnen helfen?»

Sie hätte mir auf manche Art helfen können.

«Ich bin Doktor Klein», sagte ich. «Und hätte gern Herrn Doktor Krompecher gesprochen - wenn sich das machen läßt.»

«Sie sind - ein Kollege?»

Sie hielt mich für einen arbeitslosen Referendar, der eine Stelle im Vorzimmer suchte.

«Meinen Sie, daß mir ein Talar steht?»

Ihre Samtaugen wanderten hoch an mir und wieder herunter. Aber ihre Phantasie schien nicht auszureichen, sich das Bild vorzustellen.

«Wenn Sie mir vielleicht sagen -»

«Ich bin Arzt», sagte ich. «Ich brauche eine Auskunft von Herrn Doktor Krompecher.»

Sie malte mit dem Silberstift meinen Namen auf einen Block. Dann blickte sie auf, zog die Lippen rund und sah tief bekümmert aus.

«Ich weiß nicht, ob der Herr Doktor Sie noch drannehmen kann. Es warten zwei Klienten, und dann -»

«Und dann muß er zum Gericht», fuhr ich fort.

«Ja. Wenn Sie sich angemeldet hätten -»

«Dann müßte er jetzt auch zum Gericht.» Ich stützte die Ellenbogen auf das polierte Holz und lächelte flehend in ihr Pastellgesicht. «Ich kann nicht eher kommen. Der Herr Rechtsanwalt war neulich bei mir, genauso unangemeldet wie ich. Ich habe ihn auch noch drangenommen.»

Sie fand es offenbar unangebracht, daß ich mich mit Krompecher in einem Atemzuge nannte. Ihre Schultern hoben sich leicht unter der Silberbluse.

«Ich will es gern versuchen, Herr Doktor. Aber ich kann Ihnen nichts versprechen.»

«Immer dasselbe bei den Frauen», erwiderte ich. «Sagen Sie ihm bitte, es handele sich um Frau Herwig. Jenny Herwig.»

Sie schrieb den Namen der Toten unter meinen. Dann wies sie mit Grazie auf die Tür an der rechten Seite der Schranke.

«Bitte nehmen Sie im Wartezimmer Platz. Sie werden aufgerufen.»

Ich bedankte mich höflich und entfernte mich aus dem Bann ihrer Glutaugen. Das Wartezimmer machte einen bedeutend gepflegteren Eindruck als meins. Parkett, haltbare Stahlrohrmöbel und wuchtige Aschenbecher. Zwei Klienten saßen da und starrten vor sich hin, als wären sie beim Zahnarzt. Ich grüßte sie und ließ mich im nächsten Stuhl nieder.

Sie murmelten nur leise.

Der erste war ein beleibter Herr mit rundlichen Fingern, mit denen er ständig sein Kinn massierte. Sah aus wie ein mittlerer Unternehmer aus der Baubranche. Vermutlich hatte er nach einem ausgedehnten Richtfest den Wagen doch noch nach Hause gefahren, und nun lag der Führerschein wohlverwahrt in der Strafakte, und der Herr Rechtsanwalt sollte einen Weg finden, ihn etwas eher wiederzukriegen, denn der Chauffeur kostete Geld, und man konnte nicht mehr mit der Sekretärin verreisen.

Dann war noch eine Dame da. Sie war jünger angezogen, als für ihr Alter gut war, und machte ein Gesicht, als hätte sie eine Kreuzspinne verschluckt. Wehe ihrem Gegner. Ich taxierte sie auf Hausbesitzerin mit unbotmäßigen Mietern, mit denen nicht mehr gesprochen, sondern nur noch per Anwalt verkehrt wurde. Jetzt lief die Räumungsklage, und die Akte nahm an Gewicht zu. Hoffentlich kam die Dame zu einem anderen Herrn, wenn noch einer da war. Sonst würde ich heute keinen Krompecher mehr sehen.

Als meine Umgebung mir nichts mehr bieten konnte, begann ich in den Zeitungen und Broschüren herumzublättern, die auf dem Tisch lagen. Die Blätter waren fast alle neueren Datums, aber ich fand auch einige Vorkriegsnummern, in denen die Witze noch Überschriften hatten wie ‹Dann allerdings!› und ‹Schlagfertig›. Ich las lustlos durcheinander, sah amtierende Monarchen mit ihren Frauen und abgedankte mit ihren Freundinnen, Sportskanonen und Überschwemmungen, viel Reklame und noch mehr leckere Teenager, die mich aus allen Stellungen anlächelten.

Ein Provinzblatt lag herum, der Landkreis hatte auch etwas zu bieten. Ich wurde informiert, daß der Blitzschlag die Scheune des Bauern Heinrich vernichtet hatte, Brandstiftung erschiene jedoch nicht ausgeschlossen. Die Hochwassergefahr wäre gebannt. Zum diesjährigen Schützenkönig sei Karl Feurer aus Waldkirchen avanciert.

Unterm Strich im Unterhaltungsteil war ein Roman. ‹Wenn die Bergglocken läuten›, und ganz hinten stand noch eine Kurzgeschichte.

‹Mister Crane geht an Land.›

Ich las.

Auf einmal fühlte ich nichts mehr um mich herum. Ich merkte nicht, wie der Mann aufgerufen wurde und dann die Frau. Ich las die Geschichte und noch einmal, und dann sah ich, daß ich allein war. Ich starrte die Zeitung an. Es war ein alltägliches Provinzblatt, kleines Format, grobes Papier, schlechter Druck. Hinten stand eine Kurzgeschichte, wie Millionen andere in allen Zeitungen, jeden Tag.

Aber plötzlich ahnte ich, wie Mechthilds Tante gestorben war.

Es war Mord.

Es war so gewesen wie in der Geschichte.

Und vielleicht hatte der Mörder hier gesessen, in Krompechers Wartezimmer, in meinem Stuhl und mit dieser Zeitung in der Hand.

Ich blieb bewegungslos sitzen, das Blatt in der Hand, und fuhr zusammen, als mein Name gerufen wurde. Es war die Stimme des Mädchens mit den Glutaugen aus dem Vorzimmer. Sie kam aus einem Lautsprecher über der Tür, wie ein Ruf von einem fernen Ufer.

«Doktor Klein - bitte nach Zimmer eins. Doktor Klein - Zimmer eins bitte.»

Hastig faltete ich das Provinzblatt zusammen und verstaute es in meiner Brusttasche. Sicher kam es nicht alle Tage vor, daß ein Klient im Wartezimmer eines Rechtsanwaltes die Literatur mitgehen ließ. Es half nichts. Ich mußte eine Ausnahme machen.

Ich verließ den Warteraum durch die zweite Tür und stand in einem Gang, den gleichmäßiges Neonlicht füllte. Ein paar Türen gingen ab. Links hinten war die Nummer eins. Ich vergewisserte mich noch einmal, ob die Zeitung nicht aus meiner Innentasche herausragte. Dann klopfte ich kurz und trat ein.

Krompechers Brillengläser funkelten mir entgegen.

Er saß der Tür gegenüber vor einer gewaltigen Fensterfläche. Sie nahm fast die ganze rückwärtige Wand ein. Drei Säulen von schweren Vorhängen aus grünem Samt hingen von der Decke herunter.

Krompechers hochlehniger Stuhl war lederbezogen, und die Platte seines Schreibtisches war es auch. Zwei gleiche Stühle standen vor dem Schreibtisch. An der rechten Wand erhob sich ein flacher, hoher Bücherschrank, den ich auf viereinhalbtausend Mark schätzte. Holzintarsien und Goldleisten. Ich dachte an mein Regal mit dem Totenschädel.

Die gepflegte Hand des Anwaltes winkte mich heran. Meine Sohlen sanken in einen beachtlichen Teppich.

«Herr Doktor Klein - ich begrüße Sie. Bitte nehmen Sie Platz.»

Gleich darauf wechselten wir einen Händedruck über der Lederfläche des Tisches. Das Telefon, das darauf stand, hatte Knöpfe wie eine Wurlitzer-Orgel. Außerdem war noch ein kleines Mikrofon da und etliche Druckknöpfe auf einer Elfenbeinleiste. Er verdiente sein Geld vorwiegend auf elektrischem Wege.

Ich setzte mich. Er wartete. Die Augen hinter den Gläsern waren genauso weit weg wie damals, als er in meinem Stuhl gesessen hatte. Das war ein Grund für mich, seine eigenen Worte zu verwenden.

«Ich bedaure, daß ich Sie jetzt noch störe, Herr Doktor Krompecher», sagte ich. «Ich kann schlecht weg vorher - Sie wissen, wie das bei uns ist.»

Er gab nicht zu erkennen, ob er es wußte. Ich dachte an die Zeitung in meiner Tasche und entschloß mich zu einem frontalen Angriff.

«Sie fragten mich nach der Todesursache von Frau Jenny Herwig. Am Tag darauf starb die Tante meiner Sprechstundenhilfe. Frau Bertha von Scherff, Wendelstraße acht. Ich lernte ihren Hausarzt kennen. Ich erfuhr später von ihm, daß Sie sich auch in diesem Fall erkundigt hätten, ob eine normale Todesursache vorläge.»

Er schwieg, und ich erwartete auch kein Wort von ihm.

«Und dann hörte ich von einem Kollegen, daß Sie auch bei ihm gewesen wären. Wegen einer alten Dame. Frau Wiebach-Thomsen. Vor acht Wochen.»

Ich fahndete nach einer Spur von Erstaunen oder Überraschung in seinen Pupillen. Seine dicken Gläser ließen nichts davon durch.

«Sie werden sich über mein Interesse wundern», sagte ich. «Ich habe mich auch gewundert. Es kommt kaum vor, daß Anwälte nach Todesursachen fragen. Das macht die Polizei, oder die Verwandtschaft, oder das Gesundheitsamt -»

Krompechers Kinn ruckte in die Höhe. Er sah aus, als hätte er mir nun lange genug zugehört und wäre am Ende seiner Geduld.

«Ich wundere mich nicht, Herr Doktor Klein. Neugierde ist eine menschliche Eigenschaft wie andere auch. Die Ihre ist verständlich. Aber ebenso muß ich Sie um Verständnis bitten, wenn ich Ihnen mitteile, daß ich über diese Angelegenheit keine Erklärung abgeben kann.»

Er stand nicht auf und drückte auch auf keinen der Knöpfe.

Viel Zeit blieb mir trotzdem nicht mehr.

Ich legte die Hände flach auf das kühle Leder meiner Stuhllehnen.

«Die Frage ist», antwortete ich, «ob Sie in meinem Fall eine Ausnahme machen können.»

«Warum sollte ich das?»

Sehr richtig, dachte ich. Warum solltest du das?

«Ich weiß, daß diese alten Damen sich aus ihrer Schulzeit kennen», sagte ich. «Ich habe zweimal ein Bild gesehen, auf dem sie alle zusammen drauf sind. Es muß ein Zusammenhang bestehen. Jetzt krieg ich eine neue Sprechstundenhilfe. Sie ist kaum da, da stirbt ihre Tante, bei der sie wohnt. Das Bild auf dem Nachttisch neben der Toten hat fünf Namen auf der Rückseite. Zwei von den alten Damen leben noch. Eine davon ist meine Patientin. Frau Lansome. Die zweite wird es noch. Frau Lindemann.»

Zum erstenmal kam ein Schimmer von Überraschung in seine Züge. Aber lange hielt er nicht an. Ich redete weiter.

«Ich bin ziemlich engagiert bei der Geschichte, wie Sie sehen. Auf zwei Frauen von siebzig muß ich aufpassen, bis Sie wiederkommen und mich nach der Todesursache fragen.»

Ich lehnte mich vor an die Schreibtischkante. Die gestohlene Zeitung knisterte leise in der Brusttasche.

«Herr Doktor Krompecher - wer kriegt denn das Geld, wenn sie alle tot sind?»

Krompecher stand auf. Seine funkelnden Brillengläser waren auf mich gerichtet wie die Läufe einer Doppelflinte.

«Ich habe meinen Worten nichts mehr hinzuzufügen. Ich muß diese Unterredung als beendet betrachten.»

Langsam erhob ich mich. Ich war größer als er und konnte auf ihn hinuntersehen.

Einen Augenblick überlegte ich, ob ich mit der Geschichte aus der Zeitung rausrücken sollte. Dann verwarf ich den Gedanken, weil mir ein besserer kam. Es hatte auch keinen Zweck, den letzten Trumpf noch an Krompecher zu verschleudern.

«Um Geld ging es doch, wie? Na, vielen Dank, daß Sie mich angehört haben. Guten Tag.»

«Guten Tag.»

Als ich die Klinke in der Hand hatte, drehte ich mich um. Er stand unbewegt und aufrecht hinter seiner ledernen Arbeitsstätte, ein Anwalt und Hüter des Rechts. Aber es kam mir so vor, als würde er nur durchhalten, bis ich draußen war.

«Wir sehen uns ja spätestens nach dem nächsten Todesfall», sagte ich in sein eisiges Gesicht hinein. Dann ging ich hinaus. Der Ausgang war am Ende des Flurs, und der Weg führte leider nicht durch das Zimmer des Mädchens mit den Glutaugen und Reklamezähnen.

Ich spürte Hunger in mir und ging in die farbenfrohe Espressostube neben dem Ausgang. Sie war jetzt ziemlich voll, aber ich fand einen Platz an der Theke zwischen einer forschen Vertretertype und einem Mädchen mit getönter Brille und ebensolchem Haar.

Ich aß drei Paar Würstchen, die mir die heitere Bedienung über die Marmorplatte schob, und trank einen Kaffee hinterher. Meine Laune war nicht schlecht. Viel hatte ich nicht erreicht, aber es war fraglich, ob Krompecher mit gleich gutem Appetit beim Mittagessen saß. Ich zahlte und suchte mir die Telefonzelle. Die Nummer in meinem Notizbuch war kaum mehr leserlich, so lange stand sie schon drin. Ich bekam die Zentrale, nannte den Hausapparat, wartete und hörte die vergeblichen Versuche des Rufzeichens.

«Hören Sie noch?»

«Ich höre noch.»

«Da meldet sich niemand. Kommissar Nogees ist sicher zu Tisch.»

Das sah ihm ähnlich, jetzt noch zu Tisch zu sein.

«Können Sie ihm ausrichten, er soll mich anrufen?»

«Selbstverständlich.»

Ich nannte Nummer und Namen und hängte auf. Dann verließ ich das gastliche Unternehmen. Es war halb drei. Höchste Zeit für die Besuche.

Mein Wagen stand unberührt zwischen seinen vornehmen Artgenossen. Kein Mensch machte Anstalten, ihn zu stehlen. Der Parkwächter hielt es deswegen auch nicht für nötig, sich um mich zu kümmern, als ich einstieg und fortfuhr. Ich hätte ebensogut einen anderen nehmen können.

Ich kam gerade zur Sprechstunde zurecht. Mechthild balancierte eine randvolle Kaffeetasse herein.

«Da hat ein komischer Mann angerufen – Nogees oder Nugees –, er fragte, ob Sie auch zu Tisch wären, und dann wollte er wissen, wie ich aussehe.»

«Haben Sie's ihm gesagt?»

«Natürlich nicht.»

«Hätten Sie ruhig tun können», sagte ich und schlürfte an der Tasse herum. «Er kriegt es sowieso raus. Ist bei der Polizei.»

Sie sah erschrocken aus.

«Haben Sie was ausge –»

«Nein, nein. Schulfreund von mir.»

«Ach so. Er kicherte auch immer so dumm –»

«Der kichert immer. Ruft er wieder an?»

«Ja, um fünf. Aber sagen Sie ihm ja nicht, wie ich aussehe!»

«Keine Spur. Nur, daß er so dumm kichert. Hier, die Tasse. Und her mit der Kundschaft.»

Nogees' Anruf fiel gerade in eine Flaute. Mechthild war mit im Zimmer.

«Was gab es bei dir?» fragte ich.

«Kaßler. Kantinenessen Nummer vier. Und du?»

«Würstchen.»

«Aha. Du, deine Perle hat eine niedliche Stimme.»

«Das fand sie auch von deiner», antwortete ich.

«Aber sie wollte mir nicht sagen, wie sie aussieht.»

«Sie war Klosterschülerin und ist sehr schüchtern», sagte ich. Mechthild machte zornige Gesten und drohte mir mit einer Schere. «Wenn du bis halb sieben bei mir bist, kannst du sie bestaunen.»

«Heute abend?»

«Heute abend.»

«Hm. Weingeist im Hause?»

«Ist.»

«Na schön. Nur wegen des Mädchens.»

«Das Mädchen ist vierundfünfzig», sagte ich und legte auf.

Gleich darauf klingelte es wieder, bevor Mechthild zu Worte kam.
«Vierundfünfzig? Ach, deswegen wollte sie nicht sagen -»
«Genau.»
Er kicherte und machte Schluß. Mechthild war etwas wütend.
«Wie können Sie sagen, ich wäre vierundfünfzig?»
«Reine Notwehr», erwiderte ich. «Wenn ich Ihr wahres Alter gesagt hätte, wäre er in zehn Minuten schon hier. Und wir haben noch etwas zu tun.»
Die Neugierde machte sie wieder friedlich. Ich sah sie ab und zu nach der Uhr schielen.
«Wenn Sie's nicht erwarten können, werde ich eifersüchtig», sagte ich.
«Geschieht Ihnen recht.»
Kurz nach sechs waren unsere Hallen leer. Ich machte mich an die Eintragungen, Mechthild sich an unser Handwerkszeug. Es schlug halb sieben, und da sah ich durch mein Fenster Daniel Nogees vorfahren, meinen Schulfreund von derselben Bank. Er war wohl der einzige in der Stadt, der ein noch älteres Auto hatte als ich. Einen Opel aus dem Olympiajahr 1936.
«Mechthild!» rief ich.
«Ja?»
«Er kommt. Wenn Sie an die Tür gehen, passen Sie auf Ihre Strümpfe auf.»
Ohne tieferes Verständnis blickte sie durch den Türspalt.
«Meine Strümpfe?»
«Ja.»
«Aber wieso -»
Es klingelte anhaltend.
«Beherzigen Sie meinen Rat», sagte ich.
Kopfschüttelnd verschwand sie. Dann klingelte es wieder, die Tür öffnete sich, schallendes Gebell, Daniels Kichern und Mechthilds Stimme klangen durcheinander.
«Pfui! Gehst du weg! Wirst du aufhören, du Teufel -»
«Ist das eine Art, zwei Herren zu begrüßen», rief Nogees. «Ja, beiß sie, mein Tierchen - so ist's richtig - Weiber muß man hart anfassen - noch dazu so alte - hähähähä.»
«Lach nicht so blödsinnig, sondern komm rein», rief ich.
«Ach, der Meister - noch am Arbeitsplatz - so ein emsiger Mensch - hähä - ich heiße Nogees, meine Dame - Daniel mit Vornamen - das ist Sherlock, der Meisterdackel - Spurensucher und Nylonliebhaber -»
Es bumste an meiner Tür. Sie flog auf, und Sherlock schlitterte über das Linoleum und hopste an meinem Stuhl hoch, heftig quiekend.

Ich zog ihn an den Ohren, bis Daniel eintrat.

«Heil dir, mein Arzt», sagte er.

Er sah aus wie ein listiger Indianer, obwohl er nicht viel kleiner war als ich. Hinter ihm kam Mechthild. Sherlock stürzte sich wieder auf sie und versuchte, Kerben in die Strümpfe zu ziehen. Sie erwischte ihn am Kragen und nahm ihn auf die Arme.

«Hat lange gedauert, ihm das beizubringen», sagte Daniel und ließ sich auf den Patientenstuhl nieder. «Michel, du hast einen Beamten belogen. Sie ist nicht vierundfünfzig.»

«Sie war es vorhin noch», erwiderte ich. «Aber da kam ein Vertreter mit Verjüngungspillen. Radioaktiver Knoblauch.»

«Nicht zu glauben. Gebt mir auch ein paar -»

«O ja», rief Mechthild. «Und dann tu ich ihn auf die Säuglingswaage und füttere ihn mit Reisschleim.»

«Natürliche Ernährung soll besser sein», sagte Daniel. «Oder bin ich da falsch informiert?»

«Ich sehe, ihr versteht euch gut», sagte ich. «Nun sieh sie dir genau an, du Bursche, und dann sag schön auf Wiedersehen. Ihre Mama wartet, und Jugendliche darf ich keine Überstunden machen lassen.»

Mechthild errötete zart und senkte ihr Gesicht in das Fell des Dakkels Sherlock.

«Wenn er Sie ausbeutet, Fräulein Mechthild, wenden Sie sich an das Präsidium, Zimmer 512.»

«Und laut klopfen», fügte ich hinzu. «Sonst wacht er nicht auf.»

Mechthild schüttelte die Locken.

«Man merkt, daß Sie auf einer Schule waren. Nichts als Unsinn im Kopf. Soll ich noch etwas zurechtmachen?»

Nogees stand auf, fiel vor ihr auf die Knie und breitete die Arme aus.

«Das Bett für mich, schönste Sklavin eines Despoten», rief er. «Hier steht der Inbegriff der Schönheit vor meinem trunkenen Auge, und dieser Mensch vertreibt ihn – oh, ewige Gestirne, gebt meinen Sinnen die Ruhe wieder –»

«Hier haben Sie Ihren Sherlock wieder», sagte Mechthild und legte den Dackel in seine Arme. «Und der Boden ist gerade gebohnert. Ihre Hosen –»

«Was kümmern mich die Hosen, wenn mein Herz in Fesseln liegt!»

«Steh endlich auf, du alter Knallkopp», sagte ich. «Gehen Sie, Mechthild, bevor er sich die Kleider vom Leibe reißt.»

«Um Gottes willen!»

Sie machte kehrt und verschwand. Nogees erhob sich. «Ich war so schön in Fahrt. Aber ein süßes Kind, in der Tat. Wo hast du sie her?»

«Erzähl ich dir gleich.»

Ich hängte meinen Mantel an den Haken und kramte die alte Karte von Jenny Herwig aus dem Privatkasten. Dann gingen wir hinaus, Mechthild war klar zum Start. Nogees nahm ihre Hand.

«Michel – dieses Mädchen würde ich nur unter Polizeischutz nach Hause gehen lassen!»

«Stell ihr 'ne Eskorte. Alsdann, Mechthild. Bis morgen.»

«Bis morgen», sagte sie. «Die Kopfschmerztabletten sind oben links im kleinen Schrank.»

«Danke für den Hinweis.»

«Leb wohl, mein Engel!», rief Nogees, daß es durch das Treppenhaus hallte. «Und Dackelscharen singen dich zur Ruh!»

Sie lachte und winkte noch mal von der Haustür. Dann waren wir allein.

Wir aßen in der Küche im Stehen ein Pfund Cervelatwurst und tranken dazu Bier aus der Flasche. Ich öffnete die Whiskyflasche. Daniel brockte das Eis in den Behälter. Gleich darauf saßen wir um die Gläser, und der Whisky rieselte durch unsere Kehlen.

«Hör zu», sagte ich. «Und sag mir dann, was du davon hältst.»

Ich erzählte ihm die Geschichte von Anfang an, wie ich sie erlebt hatte. Diesmal ließ ich nichts aus. Nur die Zeitung, die ich in Krompechers Wartezimmer gefunden hatte. Die halbe Flasche war weg, als ich endete.

Daniel blies Rauchringe in die Luft und durchbohrte sie mit dem Finger.

«Und der Krompecher hat dich glatt abfahren lassen, wie?»

«Hat er.»

Er kicherte.

«Ganz recht von dem Mann. Da kann jeder kommen und seinen Rüssel reinstecken wollen -»

«Aber der muß doch selber das Gefühl haben, daß irgendwas nicht stimmt», rief ich. «Warum rennt er rum und quetscht die Ärzte aus? Und dieser komische Rektor, der mehr wußte als sagte! Paß auf, Daniel! Jetzt sind noch zwei übrig. Wenn die sterben, kriegt irgend jemand das Geld, die Erbschaft, was immer es ist. Ich wollte ja nur rauskriegen, wer dieser Jemand ist.»

«Und dann?»

«Dann könnte man vielleicht -»

«Da könnte man gar nichts, mein Herzchen», sagte Daniel und ließ die Gläser vollaufen. «Wenn ein Erbberechtigter stirbt, kommt der nächste. Solange die Welt sich dreht. Alte Leute sterben eben. Die Polizei arbeitet nicht so, wie's in den Kriminalromanen steht. Wenn hier einer eine Anzeige macht und wir ermitteln, dann kommen wir letztlich zu euern drei normalen Todesursachen. Und damit ist der Fall zu Ende und die Akte zu. Prost.»

«Prost», sagte ich. «Und wie würdest du die Sache beurteilen, wenn es sich herausstellt, daß in einem Fall etwas nachgeholfen wurde?»

«Das wäre schon was anderes», antwortete er. «Dann müßte man sich das Ensemble genauer ansehen.»

Ich ging zu meiner Jacke, die über der Lehne eines Stuhles hing, und holte die Zeitung.

«Das fand ich heute in Krompechers Büro. Wenn ich nicht gesessen hätte, hätte ich mich gesetzt. Lies!»

Daniel faltete das Blatt auseinander und sah mich verständnislos an.

«Vom Sputnik?»

«Hinten die Kurzgeschichte.»

Er las. Ich beobachtete ihn. Er zog seine Brauen zusammen. Dann fing er an zu schmunzeln, immer mehr, und schließlich kicherte er leise vor sich hin.

«Du lieber Himmel! Darauf einen Whisky!»

Ich trank nicht und beugte mich vor.

«Daniel. Hier geht es darum: Ein Mann will seine Tante beerben. Sie ist alt, nervös, herzkrank. Er ruft sie mitten in der Nacht an, knallt mit einer Platzpatronenkanone in seinen Hörer. Sie erschrickt furchtbar, Herzschlag, aus. Ich mußte sofort an Mechthilds Tante denken. Sie hatte telefoniert. Der Apparat lag zertrümmert auf dem Fußboden. Und noch was. Unser Jemand dachte gerade scharf nach, wie er die dritte zur Strecke bringen könnte. Da war er in Krompechers

Wartesaal und las die Geschichte. Genau wie ich. Und er dachte sich: Versuchen kostet nichts. Klappt es nicht, klappt was anderes.»

Daniel nahm seinen Dackel auf den Schoß.

«Sieh ihn dir an, Sherlock! Dein Namensvetter. Ich geb ihm meinen Posten und trete in den wohlverdienten Ruhestand.»

«Idiot», sagte ich.

«Paß auf, Michel. Nichts gegen die Story. Nicht schlecht. Aber erstens weiß ich nicht, ob so was technisch überhaupt geht. Ich frage gerne unseren Spezialheini. Die Membran -»

«Wenn man das Ding weit genug weghält -»

«Na schön. Aber ich habe das dumpfe Gefühl, du hängst zu sehr an deiner Idee, um sie aufzugeben. Wenn ich Anfänger wäre in unserer Branche, würde ich wahrscheinlich auch dran hängen. Wie du an deinen ersten gewaltigen Fällen, die nachher keine waren. Alles wirkt geheimnisvoll, wenn man keine Ahnung hat. Der ganze Kram ist zu sehr an der Mähne herbeigezogen. Was glaubst du, wie nüchtern es bei uns zugeht. Apropos nüchtern. Prost!»

«Nur das Saufen hat der Kerl im Kopf», antwortete ich.

«Laß die alten Tanten in Frieden ruhen und die Erbschaft auf den Kopf hauen, wer will. Wir haben eh nichts davon.»

Bevor ich etwas erwidern konnte, schubste er Sherlock von seinem Schoß und schlug sich auf den Schenkel.

«Mensch, ich hab's! Wir machen einen Kriminalroman daraus. ‹Fünf tote alte Damen.› Und ich hab auch einen Mörder!»

«Wer?»

«Du natürlich! Kein anderer als du!»

«Großartig», sagte ich ergriffen und schenkte die Gläser bis zum Eichstrich voll.

«Na klar! Wenn alle fünf tot sind, kassieren die Verwandten. Mechthild ist eine Verwandte. Ihr macht zusammen eure Sprechstunde, und nach Dienstschluß mordet ihr ein bißchen. Hähä. Dann heiratest du sie und streichst die Kopeken ein. Na, wie ist das?»

«Du bist doch das gigantischste Rindvieh, an das ich je meinen Whisky verschwendet habe. Wie kommst du auf die Idee, daß ich Mechthild heirate?»

«Na, hör mal, Onkel. Willst du einem alten Polizisten Teer in die Augen träufeln? Das sieht meine blinde Großmutter, daß sie in dich verknallt ist. Und du nicht minder in sie.»

«Noch eine alte Dame», sagte ich. «Das erste, was ich höre. Wann heiraten wir?»

«Wie ich's gesagt habe. Wenn alle tot sind.»

«Sehr zum Segen, Herr Trauzeuge», sagte ich. Wir tranken mit Andacht. Daniel wischte den Whisky von seinen Lippen.

«Übrigens hättest du mir ruhig sagen können, daß ihre Tante gerade erst - dann hätte ich den Zirkus sein lassen.»

«Du machst so und so einen miserablen Eindruck», antwortete ich. «Sie ist nicht zimperlich.»

Wir schwiegen für kurze Zeit. Die Uhr meiner Kirche schlug zwölfmal.

«Und damit wäre der fünfundzwanzigste», sagte Daniel. «Und unsere Pulle ist trocken wie die Sierra Nevada. Was hast du noch vor?»

«Kühles Bier zum Abschied?»

«Aye, aye, Sir.»

Wir tranken noch eine Flasche. Dann brachte ich Daniel und seinen Hund auf die Straße. Sherlock bellte fröhlich an den friedlichen Fenstern empor.

«Wer jetzt noch nicht wach ist, den schafft mein Auto», sagte Daniel. «Gehab dich wohl, Witwenmörder. Und grüß mir die Frau Doktor.»

«Hau ab, du Flasche», sagte ich.

Er fuhr um die Ecke. Ich schloß die Haustür ab, räumte die Gläser weg und ging ins Bett. Bevor ich einschlief, schwor ich mir, nicht mehr an die Geschichte zu denken. Zwei Tage danach wurde ich wieder daran erinnert.

Das war der Sonnabend mit seinem Normalbetrieb. Die Patienten verhielten sich entsprechend.

Zuerst machten sie alle ihre Betten. Ich konnte es daran erkennen,

daß überall die Bettdecken über die Fensterbretter hingen. Die Dekken verschwanden, dafür wurden Besen und Staubtücher aus den Fenstern geschüttelt. Anschließend ging man einkaufen, und schließlich fiel ihnen ein, daß sie noch die Wochenendrezepte brauchten, denn es war alles gerade zu Ende gegangen. Darauf stauten sie sich bei mir im Wartezimmer und auf dem Flur und wunderten sich, wo um elf Uhr die anderen noch alle herkamen. Wir wunderten uns nicht, sondern arbeiteten im Akkord, um wieder Luft zu kriegen. Gerade hatte ich einer mit Naturalien beladenen Hausfrau vier Rezepte in die Hand gedrückt. Statt der nächsten kam Mechthild und schloß die Tür hinter sich.

«Sie ist da!» flüsterte sie.

«Wer?»

«Die Schulfreundin. Die von Tante Bertha - vom Friedhof!»

Ich faltete die Hände über dem Ansatz meines Bauches und überdachte mein Schicksal. Der Trubel hatte mir dazu verholfen, meine alten Damen vollständig zu vergessen. Aber sie vergaßen mich nicht.

Das war Dorothea Lindemann, die vierte von fünfen.
Und am Sonnabend.
«Noch viel da?»
«Zwei sind vor ihr.»
«Na, dann weiter.»

Die zwei bestanden aus einem Rezept, einer Überweisung zum Augenarzt und etwas gutem Zuspruch. Dann sammelte ich mich, um Dorothea ins Auge zu sehen. Sie trat über die Schwelle, und ich war platt.

Weder war etwas von siebzig Jahren an ihr zu sehen noch irgendeine Spur eines Leidens. Sie trug keine Brille, und ihr Haar war noch nicht weiß. Sie hatte ein rundes, etwas derbes Gesicht mit wenig Falten und von gesunder Farbe, wie eine Bäuerin, die sich siebzehn von vierundzwanzig Stunden unter freiem Himmel bewegt. Die übrige Figur zeugte von erfreulichem Appetit und zahlreichen Sitzungen hinter Kuchen mit Schlagsahne. Nichts von der Zerbrechlichkeit der Freundinnen war an ihr, aber auch nichts von der Würde und Autorität, wie ich sie an Agnes Lansome gesehen hatte. Sie sah bieder aus und schlicht, und so war auch ihre Kleidung. Sie steckte in einem Kleid aus einfachem Leinen mit einem verschossenen Blumenmuster. Am Hals saß eine gewaltige Brosche, die sich ihrer unechten Steine zu schämen schien. Die Frisur des strähnigen Haares war nicht die ordentlichste und wurde von einem runden Topfhut gekrönt. Den Abschluß nach oben bildete eine starke Hutnadel mit Kopf und Brust eines Pferdes aus dem gleichen Buntglas wie die Brosche am Kleid. Ich konnte nur schwer meinen Blick davon losbringen. Aber während ich alles das sah, kam ein leises Gefühl von Mitleid für die alte Frau in mir hoch. Trotz aller Gesundheit sah sie hilfloser aus als alle, die mit ihr auf dem Bild gewesen waren. Ich war sicher, daß sie es schwer gehabt hatte in der Schule und noch immer schwer hatte in der bösen Welt von heute.

Ich stand auf und streckte ihr die Hand hin.
«Frau Lindemann! Na fein, daß Sie mich auch mal besuchen. Mechthild hat Sie schon angekündigt.»

Sie war verwirrt und schüchtern, und ihre Hand war feucht.
«Ach - ja, Herr Doktor -»
«Nehmen Sie Platz», sagte ich.

Sie sah auf den Stuhl herunter und setzte sich dann auf die Kante. Ich lehnte mich in meinen zurück. Mit der linken Hand zog ich eine leere Karteikarte heraus.

«Ich hab gehört, Sie waren mit Frau von Scherff bekannt und - mit Frau Herwig. Tut mir leid. Traurig, wenn man alte Freunde verliert.»

Jetzt hatte sie etwas, worüber sie mit mir reden konnte. Sie nickte heftig.

«Ja, ja, Herr Doktor. Und so schnell hintereinander, alle beide. Wissen Sie, wir waren zusammen auf einer Schule, in derselben Klasse. Na, was ich - was meine Wenigkeit ist, ich bin nur zwei Jahre dagewesen, dann - dann - ich bin nämlich sitzengeblieben, und dann bin ich -»

Sie fuhr sich über die Augen und lachte verschämt, und ich lachte mit. Endlich mal jemand, der sitzengeblieben war und es in der ersten Minute zugab.

«Dann waren Sie nur noch Ehrenmitglied der Schule», sagte ich.

«Ja, ich bin abgegangen - das Lyzeum war nichts für mich, wissen Sie. Aber sie haben mich nicht vergessen und mir immer geschrieben und mich eingeladen - wir haben uns nie aus den Augen verloren. Ja, und dann starb die Alma, ganz plötzlich, wie lange ist es denn her, noch gar nicht so lange, und dann ist die Jenny, die Frau Herwig - ja, und jetzt die Bertha, die Tante von Ihrem Fräulein -»

«Aber Ihnen fehlt nichts, wie ich sehe», sagte ich.

«Nein, Herr Doktor, unberufen, ich kann nicht klagen, man ist immer gesund gewesen - mein Vater ist zweiundneunzig geworden, denken Sie, alle in seiner Familie waren so alt!»

«Das werden Sie bestimmt auch noch schaffen», sagte ich lächelnd.

«Ach, ich weiß nicht, Herr Doktor, jetzt, wo das alles passiert ist, man bekommt doch ein bißchen Angst - nicht, daß ich mich fürchte, aber ich war ewig nicht beim Arzt, und da wollte ich -»

Sie rutschte auf der Kante herum und traute sich nicht, ihren Wunsch auszusprechen.

«Da wollten Sie sich mal gründlich untersuchen lassen. Zur Beruhigung.»

Sie sah mich mit dankbarer Erleichterung an.

«So ist es.»

«Machen wir gerne, Frau Lindemann. Aber erst will ich mir Ihre Personalien aufschreiben.»

«Natürlich, Herr Doktor - ja, und das Fräulein war auch so nett, sie hat gleich gesagt, ich könnte kommen, und da habe ich gedacht, am Sonnabend ist es vielleicht nicht so voll -»

«So voll ist es bei mir nie», antwortete ich.

«Ach, das wird noch, Herr Doktor», sagte sie zutraulich. «Im Anfang ist es immer schwer, und dann auf einmal wird es zuviel, und man ist froh, wenn man seine Ruhe hat.»

Sie wurde mir immer sympathischer, die alte Dorothea. Wer sagte heute noch, was er dachte.

Ich malte ihren Namen mit Druckbuchstaben auf die Karte.

«Ihr Vorname, Frau Lindemann?»

Sie beugte sich voller Eifer zu mir.

«Dorothea. Anna Dorothea.»

Ich schrieb den Namen hin, den ich schon kannte, und den zweiten dazu.

«Wann sind Sie geboren?»

«Im Juni. Am sechsten Juni achtundachtzig.»

«Da haben Sie ja bald Geburtstag.»

«Ja, es ist nicht mehr lange hin. Ach Gott, früher kamen wir immer alle zusammen, wenn eines Geburtstag hatte -»

«Eine schöne Sitte. Was für eine Geborene sind Sie, Frau Lindemann?»

«Geb - ach - Lindemann - ich - war nicht verheiratet - mein Verlobter ist 1918 gefallen, und seitdem -»

«Ach», sagte ich, obwohl ich auch das gewußt hatte. «Sieh an. Ich bin auch nicht verheiratet. Endlich ein Bundesgenosse. Ihre Kasse?»

«Rentner. Ich bin Rentnerin.»

Dorothea war die ärmste von allen fünfen. Einer mußte es sein. Und sie wohnte in einer armen Gegend. Burggasse 24.

«Mal schwer krank gewesen, Frau Lindemann? Unfälle, Operationen? Irgendwelche Beschwerden?»

Sie schüttelte ihren alten Kopf.

«Als Kind, da hab ich Keuchhusten gehabt, und dann wollten sie mir die Mandeln rausnehmen, aber es war nicht nötig - nein, nein, ich war immer gesund.»

«Da hab ich schon mehr gehabt als Sie», sagte ich. «Machen Sie sich bitte 'n bißchen frei, Frau Lindemann. Sehen wir mal, ob alles in Ordnung ist.»

Sie fingerte aufgeregt an ihrem Hut herum und zog die Nadel heraus. Ein furchterregendes Ding. Sie war etwa fünfzehn Zentimeter lang, mit einer drohenden Spitze, und der Schaft verbreiterte sich wie ein Stilett aus dem alten Venedig. Daß der Hut das aushielt!

Ich war schnell fertig mit Dorothea.

«An Ihnen kann ich nichts verdienen», sagte ich so nett, wie ich konnte.

«Wirklich, Herr Doktor?»

«Wirklich. Machen Sie sich keine Sorgen. Nichts zu finden.»

«Ach, da bin ich ja froh, Herr Doktor.»

«Ich geb Ihnen ein paar schöne Bonbons, mit allen Vitaminen auf einmal», sagte ich und griff nach meinem Rezeptblock. «Im übrigen leben Sie genauso weiter wie bisher. Nur nicht zu dick werden!»

«Nein, nein, ich nehm mich mit dem Essen schon in acht - aber Kaffee darf ich doch trinken?»

«Dürfen Sie. Nur nicht solchen, der vor Kraft nicht aus der Kanne geht.»

Sie nickte strahlend, öffnete dann hastig ihre Tasche. «Hier - mein Schein -, den hätte ich ganz vergessen.»

«Danke schön, Frau Lindemann. Und da haben Sie Ihr Rezept. Jeden Tag eine, genügt vollkommen. Und wenn irgend etwas ist, kommen Sie, und besuchen Sie uns.»

Sie strahlte. «Vielen Dank, Herr Doktor. Recht vielen Dank -» sie rutschte wieder auf der Kante herum und zögerte.

«Noch Sorgen, Frau Lindemann?»

«Entschuldigen Sie, wenn ich noch mal frage - mit dem - mit dem Herzen habe ich nichts, nein?»

«Keine Spur von nichts», erwiderte ich. «Geht wie ein Uhrwerk. Und Ihr Blutdruck ist prima.»

Sie sah mich eine Weile an, bevor sie weitersprach.

«Es ist nur, weil - die Jenny und die Bertha - die sind doch wegen - ich meine, die hatten es doch mit dem Herzen - die Agnes hat es mir nämlich erzählt - auf dem Friedhof -»

«Die lebten noch, wenn sie Ihr Herz hätten», antwortete ich.

Ein paar Sekunden vergingen. Dann wurde ihr rundes Gesicht

wieder fröhlich. Sie stand auf, und ich tat dasselbe.

«Recht schönen Dank, Herr Doktor. Vielen, vielen Dank. Nun will ich Sie aber nicht mehr aufhalten, Sie müssen ja essen und wollen sicher -»

«Sie haben mich nicht aufgehalten. Im Gegenteil. Kommen Sie gut heim.»

«Auf Wiedersehen», rief sie von der Tür her. «Und schönen Sonntag noch, Herr Doktor.»

Ich hörte sie draußen mit Mechthild reden. Dann klappte die Tür. Ich setzte mich wieder und betrachtete die Karte mit den wenigen Eintragungen.

Kerngesund.

Wenn es einen Mörder gab, würde er sich etwas Neues einfallen lassen müssen bei Dorothea Lindemann.

Mechthild kam herein.

«Die ist eigentlich ganz nett, die Frau Lindemann. Ich hatte gedacht -»

«Ich gebe Ihnen mal ein Buch», sagte ich. «Über die Psychologie des ersten Eindrucks. Da werden Sie sehen, wie grandios man danebenhauen kann.»

«Hat sie was?»

«Alles okay.»

Als Dorothea Lindemann wiederkam, war sie nicht mehr okay.

Mechthild sagte es mir zwischen zwei Leuten. Es war zehn Tage nach dem Besuch bei uns.

«Die Frau Lindemann ist draußen. Aber die hat was heute.»

«Was?»

«Ich weiß nicht. Sieht aus, als ob sie Fieber hätte.»

Mit einem Schlag waren alle bösen Gespenster wieder da. Fieber.

Vor zehn Tagen kein Befund und heute Fieber. Mit Fieber hatte es angefangen bei Alma Wiebach.

Mechthilds Stimme drang zu mir.

«Nimmt Sie das so mit?»

«Das nimmt mich so mit. Lassen Sie sie rein.»

«Aber es sind noch -»

«Erzählen Sie denen irgendwas. Rein mit ihr!»

Dorothea kam.

Sie war blasser als vor zehn Tagen. Als sie heran war, sah ich feine Schweißtropfen auf ihrer Stirn.

«Was fehlt, Frau Lindemann?»

Sie setzte sich und holte tief Atem.

«Ich wollte gar nicht kommen, Herr Doktor. Es ist - kaum der Rede wert. Ich bin spazieren gewesen, am Sonntag, und da hat es doch so geregnet - da muß ich mich ein bißchen erkältet haben - seit zwei Tagen habe ich Halsschmerzen - was zum Gurgeln hatte ich noch, das half auch ganz gut - aber heute habe ich Fieber -»

«Gemessen oder gedacht?»

«Gemessen. Achtunddreißig zwei.»

Ich untersuchte sie gründlich. Der Rachenring war gerötet. Sonst fand ich nichts. Die Lunge war völlig frei.

«Nichts Schlimmes, Frau Lindemann», sagte ich und war mehr erleichtert als sie. «Eine leichte Mandelentzündung. Keine eitrige. Aber wir wollen verhüten, daß es eine wird. Sie nehmen das ein, was ich Ihnen aufschreibe. Morgen mittag muß es alle sein. Und jetzt gehen Sie nach Hause, kriechen in Ihr Bett und bleiben drin.»

«Ins Bett? Aber ich muß doch -»

«Ins Bett. Sie müssen nichts. Die Rentner haben immer das meiste zu tun. Wer Fieber hat, gehört ins Bett. Ob sieben oder siebzig.»

Sie nickte leicht bekümmert. Ich schrieb das Rezept.

«Gurgeln tun Sie weiter. Und morgen komme ich und sehe mir Ihren Hals an -»

Als ich das Datum stempelte, merkte ich, daß sie morgen Geburtstag hatte.

«Ach ja. Auch noch Geburtstag. Da hätte ich Ihnen eigentlich ein besseres Geschenk machen müssen. Haben Sie Gäste geladen?»

«Nur die Agnes - Frau Lansome. Wir wollten zusammen Kaffee trinken.»

«Na, da wird vielleicht noch was draus. Aber erst komme ich und inspiziere, ob Sie im Bett sind. Was sein muß, muß sein.»

Sie schien sich damit abgefunden zu haben.

«Wenn Sie sich extra bemühen wollen, Herr Doktor, aber ich muß doch aufmachen - wann würden Sie denn -?»

«Wann kommt Frau Lansome?»

«Genau hat sie es nicht gesagt. Sicher nicht vor vier.»

«Ich bin zwischen zwei und drei da. Dann werden wir sehen, ob der Kaffeeklatsch stattfinden kann. Ich klingle dreimal lang. Wie der Gerichtsvollzieher. Hier ist das Rezept. Hin zur Apotheke, und dann nichts wie nach Hause.»

Sie stand schwerfällig auf.

«Na, dann will ich's mal so machen, Herr Doktor. Hoffentlich ist es bald weg. Neulich hab ich noch großgetan mit der Gesundheit, und schon hab ich was.»

«Um so gesünder wird das neue Lebensjahr», sagte ich und öffnete ihr die Tür. «Bis morgen also.»

Sie nickte mir noch einmal zu, mit einem stillen, ergebenen Lächeln. Der Pferdekopf der Hutnadel machte die Bewegung mit und funkelte bräunlich im Mittagslicht.

Vierundzwanzig Stunden später bewegten wir uns im gewohnten Tempo durch den Rest unserer Kundschaft. Es war Mittwoch, und mein Seemann beschloß den Reigen. Er machte es sich im Stuhl gemütlich und rauchte. Es roch wie eine Filterzigarette, bei der einer den Filter anzündet und zuerst genießt. Deswegen verzichtete ich, als er mir eine anbot.

«Die hat mein Sohn aus Cuba mitgebracht», sagte er, während ich das Fenster öffnete. «War vier Monate auf See, der Jung.»

«Meinen Glückwunsch», gab ich zur Antwort. «Das wird die Marke sein, die die Rebellen im Busch geraucht haben. Batistas Ende.»

Er beugte sich vor und zwinkerte.

«Rum hat er auch mit. Ein Zeug wie flüssiges Gold. Fäßchen zu fünfundzwanzig Litern. Wollen Sie eins?»

«Wieviel?»

Der Rest der Beratung verging damit, daß wir um den Preis des flüssigen Goldes feilschten. Von Beschwerden wurde nicht gesprochen. Ich verabschiedete ihn, um einiges ärmer, aber mit der Aussicht auf fünfundzwanzig Liter Rum von der sonnigen Insel Cuba.

Dann studierte ich meine Besuchsliste. Dorothea Lindemanns Name stand an erster Stelle. Ihr Geburtstag fiel mir ein. Während ich darüber nachdachte, ob Blumen oder Pralinen besser wären, kam Mechthild mit einem Haufen von Mullbinden.

«Wissen Sie, daß heute die Frau Seegers verbunden werden muß? Ich pack Ihnen alles ein.»

«Ach, Unglück», sagte ich. «Die habe ich ja gar nicht auf der Liste. Hätte ich glatt vergessen.»

Ich schrieb den Namen ins Buch und starrte ihn an.

«Na, das wird mich allein 'ne Stunde aufhalten. Binden wickeln war nie mein Fall.»

Mechthild warf den Mullhaufen auf das Untersuchungsbett.

«Nehmen Sie mich mit. Ich verbinde sie. Inzwischen fahren Sie woanders hin und holen mich dann ab.»

Ich schwenkte langsam mit dem Stuhl und betrachtete meine Angestellte. Schlecht war die Idee nicht. Nur Daniel würde grinsen, wenn er es sehen könnte.

«Das wäre eine Möglichkeit», sagte ich. «Erinnern Sie mich, daß ich Ihnen ins Zeugnis schreibe ‹Hat Eigeninitiative›. Außerdem könnten Sie mitkommen zu unserer Dorothea und ihr zum Geburtstag gratulieren.»

«Hat sie heute?»

«Ja. Blümchen müssen wir noch holen. Was ist mit Ihrem Essen?»

«Bis jetzt nichts. Das müßte ich erst machen.»

«Mutti nicht mehr da?»

«Nein! Die kann doch nicht ewig hierbleiben. Ich bin allein im Haus.»

«Keine Angst?»

«Nicht viel.»

«Hm. Dann schlage ich folgendes vor: Ich mach die Eintragungen, Sie räumen auf, und dann fahren wir zum Essen. Anschließend holen wir die Blumen und fangen bei Dorothea an. Und dann spulen wir den Rest ab. Gut?»

«Gut.»

Eine Stunde später saßen wir in meinem Stützpunktlokal hinter den Kalbssteaks. Die Kellnerin war eine Spur kühler, als sie mich mit einem Mädchen sah. Wahrscheinlich hatte sie mich für einen der letzten Tugendsamen gehalten. Das Trinkgeld würde ihr darüber hinweghelfen.

Beim Kaffee las ich kurz in der Zeitung herum.

«Verbergen Sie Ihre Abneigung einem Untergebenen gegenüber», murmelte ich. «Es erspart Ihnen Ärger und Mühe.»

«Was ist das?» fragte Mechthild.

«Mein Horoskop für heute», erwiderte ich. «Ich soll meine Abneigung Ihnen gegenüber verbergen. Das erspart mir Mühe.»

«Damit wird der Verband gemeint sein.»

«Ja. Wann sind Sie geboren?»

«Vierten April.»

«Aha, Widder. Mal sehen. Hier. Sie müssen den Tag mit einem unsympathischen Menschen verbringen. Seien Sie auf der Hut.»

«Bin ich. Noch was?»

«Ja. Nehmen Sie keine Einladungen an.»

«Ha», machte Mechthild. «Der denkt wohl, ich bezahle selber! Bei dem Gehalt!»

«So steht's in den Sternen», sagte ich. «Aber ich will eine Ausnahme machen, freches Wesen.»

Ich bezahlte, und wir gingen. Dann fuhr ich eine Weile herum, bis wir einen Blumenladen fanden. Im Schaufenster hing zwischen grellen Sträußen aller Art ein gewaltiger Kranz aus schwarzgoldenen Pappblättern.

«Für jeden Anlaß die passende Blüte», sagte ich, als wir eintraten.

«Was wollen wir nehmen?»

«Am besten ist ein Topf», antwortete Mechthild. «Da hat sie länger was davon.»

«Also ein Topf. Und Sie?»

«Ja, ich könnte noch einen kleinen Strauß - oder nein! Ich hole ihr 'ne Schachtel Schnapskirschen! Das ist was für alte Damen! Hat Tante Bertha auch so gern gemocht.»

«Hab schon dran gedacht. Machen wir's so.»

Wir erstanden einen Topf mit gefährlichen Blüten, die mir gänzlich unbekannt waren, obwohl ich in Botanik eine Eins gehabt hatte. Ich schleppte ihn zum Auto. Mechthild fand ein Schokoladengeschäft. Als wir die Fahrt zur Burggasse antraten, war es genau zwei Uhr. Ich fuhr an grauen Häuserzeilen vorbei, an denen die Fenster klein waren und das Rot der Dächer dunkel und verrußt. An den Giebelfronten verkümmerten Buchstabenreste von Reklamen für irgendwelches Zeug, das es vor dreißig Jahren gegeben hatte und längst nicht mehr gab, und dazwischen hingen Fetzen von alten Wahlplakaten.

‹Freiheit und Brot. Darum Liste vier.›

Das Pflaster bestand aus buckligen Katzenköpfen.

Ich zockelte hinter einer Straßenbahn her, hielt an, wenn sie stoppte, und fuhr mit ihr weiter. Die Leute auf den Fensterplätzen sahen müde und gleichmütig auf uns herunter. Wir passierten eine Unterführung und mußten abbiegen.

«Ganz schöner Weg», sagte Mechthild neben mir. «Ist doch 'ne Leistung, daß sie zu uns kommt, was?»

«Da sehen Sie, was Sie der alten Frau für Anstrengungen beschert haben», antwortete ich und wich einem Fußball aus, der gemächlich über die Straße rollte. «Viel Straßenbahn und dann auch noch laufen.»

«Sie kommt aber gern. Gestern hat sie wieder von Ihnen geschwärmt.»

«Der Spezialist für Siebzigjährige», knurrte ich.

Die Burggasse lief in geschwungenem Bogen durch ein Gewirr alter Häuser. Sie war schmal und stieg leicht an. Im zweiten Gang rollte ich an den Hausnummern vorbei.

«Da! Vierundzwanzig!» rief Mechthild.

Es war ein mittelhohes Mietshaus mit einer Toreinfahrt. Der Putz, der an der Fassade klebte, war ziemlich neu. Offenbar verwendete der Hauswirt die Mieteinnahmen tatsächlich für das Haus und für nichts anderes. Unter den Fenstern hingen Blumenkästen.

Wir wanderten mit unserem Gepäck durch die Einfahrt, weil kein anderer Zugang zu sehen war. Die Haustür ging zur linken Seite ab.

Als ich die öffnen wollte, sagte Mechthild: «Da ist eine Tafel mit Namen!»

Es war eine Holzplatte an der Wand gegenüber. Saubere Linien grenzten die einzelnen Stockwerke ab, und die Schrift war leserlich.

«Da gibt's noch ein Gartenhaus. Sehen Sie, und da wohnt sie auch, Lindemann, Gartenhaus, zweiter Stock.»

«Großartig», sagte ich. «Ich wollte gerade den Blumentopf vier Treppen hoch schleppen und wieder herunter.»

Wir gingen nach hinten durch. Es öffnete sich ein stiller, sonnenheller Hof. Der Weg führte zu beiden Seiten um ein Rasenrondell mit einem Wasserbecken aus Stein in der Mitte. Rechts und links trennte eine halbhohe Mauer den Hof von zwei ebensolchen anderen. Eine Teppichstange ragte verlassen neben ein paar Mülltonnen.

Das Gartenhaus hatte nur die halbe Höhe des vorderen Hauses. Um sein flaches Dach lief ein weitmaschiges schmiedeeisernes Gitter mit einem Rankengewirr von wildem Wein. Ganz anders war es hier hinten als draußen auf der Straße, ruhig und weit weg von allem Betrieb. Wir sahen keinen Menschen. Ein paar Sperlinge flatterten auf, als wir den Rasenfleck umrundeten, und setzten sich in einiger Entfernung wieder in die Sonne.

«Die hat es ganz nett hier», sagte ich. «Ist doch ein niedlicher Bau. Und mit Dachgarten. Hier würde ich's auch aushalten als Rentner.»

«Ich hab nur kein Lokal in der Nähe gesehen», bemerkte Mechthild.

«Schweig, Elende!» befahl ich.

Die Haustür knarrte traulich. Neben dem Treppenaufgang hing die Hausordnung, lang wie eine Novelle und mit unzähligen Paragraphen. Eine breite Tür daneben war als der Eingang zu einem Möbellager gekennzeichnet, aber ich vernahm kein Geräusch dahinter.

Auch im ersten Stock ging nur eine einzige Tür ab. Die Leute hatten es gut. Unser Kasten war voll wie ein überbelegter Bienenstock.

Dann standen wir vor der oberen Tür. Ein schmales, gewölbtes Porzellanschild zeigte Dorotheas Namen in rechtsgeneigter Schrift, wie aus einem Schulheft der dritten Klasse von unten.

Wir hörten die Klingel deutlich. Mechthild hatte die Besuchstasche auf den Boden gestellt. Ich spürte das Seidenpapier meines Topfes unter dem Kinn. So warteten wir, und nichts geschah.

Ich klingelte wieder.

«Schläft wahrscheinlich», sagte Mechthild leise.

Ich sah sie an und hoffte, daß die Furcht, die mich plötzlich befiel wie ein blutiger Schatten, nicht auf meinem Gesicht zu lesen wäre.

«Wahrscheinlich», antwortete ich.

Dann fiel mir ein, daß ich ihr angekündigt hatte, dreimal lang zu klingeln. Natürlich. Das war es. Es konnte nur das sein. Sie wartete auf das Zeichen. Natürlich.

Ich drückte dreimal hintereinander. Mit jedem Schrillen schien mir die Klingel lauter zu werden, wie eine Sirene, die immer näher kommt.

«Sie hört nichts», sagte ich. «Ich frag mal unten.»

Ich lief die Treppe hinunter, ehe Mechthild antworten konnte. Ich klingelte unten dreimal, als wäre ich noch vor Dorotheas Tür. Nichts rührte sich, ein halbes Jahrhundert lang. Dann schlurften unsäglich langsame Schritte näher. Die Tür rasselte in die Sperrkette. Ein mürrisches Gesicht voller Mißtrauen erschien im Spalt.

«Ja?»

Es war eine zerknitterte alte Frau. Ganz das Gegenteil von Dorothea. Lustlos und ohne Mut. Der zahnlose Unterkiefer schob sich hin und her.

«Entschuldigen Sie», sagte ich. «Ich bin Arzt - oben - oben sollte ich zu Frau Lindemann kommen. Macht aber niemand auf. Wissen Sie zufällig, ob sie weggegangen ist?»

Sie bewegte den Kopf unwillig hin und her, als hätte ich ihr ein Tonbandgerät angeboten.

«Nein, ich weiß nicht. Hab sie nicht gesehen. Weiß nicht.»

Ich starrte sie an wie meine letzte Hoffnung.

«Haben Sie sie vielleicht gehört oben?»

«Nein, ich hör sie nicht. Vorhin hat schon jemand gefragt. Eine Frau. Ich weiß nicht.»

Die Tür schlug vor mir zu. Ich hörte die Alte murmeln, als sie wegschlurfte.

Gleich darauf war ich wieder oben. Mein Atem ging schneller.

«Weiß die was?»

«Glaube nicht, daß die schon jemals was gewußt hat», sagte ich. «Noch älter. Mit der kann sie nicht rechnen.»

Einen Moment schwiegen wir beide. Draußen zwitscherten die Sperlinge.

«Vorhin soll schon jemand gefragt haben. Eine Frau.»

«Sicher eine, die gratulieren wollte. Sie! Sie machen ja das ganze Seidenpapier kaputt! Die Blüten -»

Ich setzte den Topf auf die Erde, ohne hinzusehen. Ich drückte noch dreimal auf die Klingel, aber ich wartete nicht mehr auf eine Antwort und beugte mich herunter zu dem Schloß an der Tür.

Es war ein einfaches Ding mit einem Eisenbeschlag, den große, breitgekerbte Schrauben hielten. Das Schlüsselloch sah völlig harmlos aus.

Mechthild bekam runde Augen, als sie mein Schlüsselbund sah.

«Wollen Sie einbrechen?»

«Sie liegt da drin», sagte ich. «Sie kann sich vielleicht nicht rühren und wartet auf uns. Sie hört die Klingel und kann nicht aufstehen.»

«Ich habe auch noch Schlüssel mit.»

Wir probierten alle. Meine, dann ihre.

Keiner paßte.

«Warten Sie», sagte ich. «Bin gleich wieder da.»

Sie gab keine Antwort. Ich lief die Treppen hinunter, aus der Tür, um das Rondell und hinaus. Mein Autowerkzeug bestand längst nur noch aus einem verrosteten Rest. Aber ich wußte, daß ich ein Montiereisen hatte, und ich fand es lose im vorderen Kofferraum, umwickelt mit einem öligen Lappen.

Dann war ich wieder oben an der Tür. Mechthild stand bei mir, und sie sprach auch nicht, als ich die Schneide des Eisens in den Spalt neben der Klinke stieß.

Das Holz knirschte. Die Leiste bog sich nach außen. Feine Risse platzten in die Maserung. Dann splitterte es, das Eisen rutschte ab und schlug klirrend gegen die Klinke.

Ich zog mein Taschentuch heraus und ballte es um den Schaft. Ich rammte das Eisen mit einem Ruck durch die gesplitterte Kante. Die Schneide stieß auf Metall. Eine Sekunde wartete ich. Dann warf ich mich mit gewinkelten Armen gegen den Schaft. Mit einem häßlichen sprengenden Geräusch brach der Riegel nach hinten durch. Ich schlug schwer mit der Schulter gegen den stehenden Türflügel.

Der andere schwang zurück. Es war still und dunkel dahinter. Ich konnte nichts erkennen. Nur ein ungewohnter, gemütlicher Geruch kam heraus, so nach Beschaulichkeit und Lebensabend. Ein paar Herzschläge lang standen wir reglos vor der aufgebrochenen Tür. Ich wartete darauf, die Stimme der alten Dame zu hören, vielleicht erschrocken oder entrüstet, aber wenigstens da.

Kein Laut kam aus der Tiefe der Wohnung.

Mechthild sagte leise: «Sie wird doch weggegangen sein.»

Ich blickte auf das Montiereisen in meiner Hand, dann in das Gesicht des Mädchens.

«Hm», machte ich. Es war das Nächstliegende. Mechthild konnte nichts wissen von meinen Sorgen. «In diesem Fall darf ich ihr eine neue Tür zum Geburtstag schenken.»

«Was jetzt?»

Ich hob den Blumentopf vom Boden hoch.

«Jetzt sind wir einmal hier. Geben wir die Blumen ab.»

Ich trat durch den Eingang.

Der Flur war so breit wie die Tür und etwa fünf Meter lang. Drei Türen gingen von der linken Seite ab. Eine vierte lag gegenüber am anderen Ende. Sie war halb geöffnet, und das wenige Licht, das den Flur erhellte, drang durch den Spalt.

Langsam ging ich vorwärts.

Eine Garderobe stand rechts an der Seite. Ich sah mich in dem Spiegel des Mittelteils wie einen anderen Mann. Mechthild kam dicht heran.

«Sehen Sie», flüsterte sie. «Ihr Hut ist da!»

Auf ein paar hölzernen Querstäben lag der Hut, den Dorothea getragen hatte. Eine Weile starrte ich ihn an, und dann fiel mir auf, daß die Nadel mit dem Pferdekopf nicht daran war. Lag sicher irgendwo herum. Ein dunkler Mantel war noch da und ein schwarzer Schirm. Langsam schob ich mich auf die hintere Tür zu. Das Seidenpapier des Blumentopfes knisterte. Im nächsten Moment stand ich auf der Schwelle. Mit dem Unterarm drückte ich die Tür ganz auf.

Ein freundliches Wohnzimmer. Nichts Unheimliches war daran. Die Vorhänge zweier breiter Fenster auf der linken Seite waren halb zugezogen und hielten das drängende Sonnenlicht zurück. Geruhsame Plüschsessel, alte Bilder, ein Schrank und eine Kredenz mit ge-

drechselten Holzsäulen. Über dem Tisch hing eine große geklöppelte Decke mit leicht vergilbten Fäden.

Ich trat an den Tisch heran und stellte den Blumentopf darauf. Mechthild legte ihre Pralinenschachtel daneben. Wir drehten uns um und sahen an der Wand neben der Tür eine riesige nagelneue Musiktruhe mit der größten Fernsehröhre, die auf dem Markt war. Das helle Holz und die moderne Form bildeten einen seltsamen Kontrast zu der betagten Umgebung.

«Guck dir das an», sagte ich. «Scheint doch nicht die Ärmste zu sein, unsere Dorothea.»

«Vielleicht auf Raten», antwortete Mechthild.

Das Zimmer hatte einen zweiten Ausgang. In der hinteren Ecke neben den Fenstern war ein Mauerdurchbruch, groß wie eine Tür, aber mit einem Vorhang verhängt. Als ich ihn zur Seite schob, kam mir wieder deutlich zum Bewußtsein, daß wir uns unbefugt in einer fremden Wohnung herumtrieben.

Unser Blick fiel in ein kleineres Zimmer, eingerichtet wie ein Salon aus der Biedermeierzeit. Links, direkt neben dem Eingang, führte eine Glastür auf einen hellen Balkon hinaus. Sie stand offen, und wirre Weinranken hingen über ihren Rahmen herunter.

Ich machte zwei Schritte durch die Tür. Der Balkon war nicht groß. Zwei Säulen trugen ein wabig durchbrochenes Dach aus Gipsstuck. Alles war umflochten und umrankt vom Weinlaub. Vom hinteren Ende führte eine schmale Spiraltreppe zum Dach.

Mechthild kam mir nach.

«Dornröschens Zauberklause», sagte ich. «Dort geht's zum Dachgarten.»

«Vielleicht liegt sie oben und schläft –»

«Könnte sein. Ich seh nach.»

Die Treppe war kurz und schnell zu Ende. Ich stand auf dem flachen Dach, umgeben von Sonne und Weinranken, sah zwei Schornsteine, einen kleinen Tisch, einen Liegestuhl. Ich konnte den Hof sehen und die Rückfront des Vorderhauses. Aber keine Spur von Dorothea.

Ich kletterte wieder herunter.

«Nichts. Fein ist es da oben.»

«Was sollen wir nun machen?»

«Tja – entweder warten wir noch ein bißchen – oder wir treten einen ehrenvollen Rückzug an, schreiben ihr einen Zettel, und ich sage dem Hausmeister Bescheid, wenn es hier einen gibt. Die Alte von unten fällt in Ohnmacht, wenn sie mich noch mal sieht.»

Mechthild sah mich nachdenklich an.

«Besseren Vorschlag?»

«Nein – ich dachte nur – ein Schlafzimmer müßte sie doch auch haben –»

«Ja. Wahrscheinlich da draußen. Aber ich glaube nicht –»

Ich sagte nicht, was ich nicht glaubte, sondern ging langsam zurück. Durch das Wohnzimmer, vorbei an den Plüschsesseln und der Musiktruhe. Der Korridor lag in völliger Ruhe. Vorn klaffte die aufgebrochene Tür

Dann standen wir vor der ersten Tür vom Wohnzimmer her. Sie hatte eine geschwungene Messingklinke, und der Lack war gelblich und alt.

Ich klopfte. Keine Antwort. Niemand rief herein.

Da öffnete ich weit die Tür.

Ich weiß immer sehr schnell, ob jemand tot ist.

Es liegt nicht so sehr an der Erfahrung. Er sieht anders aus. Er ist so zusammengefallen, er nimmt weniger Platz weg als ein Lebender, den man vorher gekannt hat. Wie ein toter Soldat auf dem Schlachtfeld, dem plötzlich sein Mantel viel zu groß geworden ist.

Dorothea lag in ihrem Bett.

Flach auf dem Rücken, mit ausgestreckten Armen. Sie trug eine gestrickte Nachtjacke über dem Hemd. Ihr Hals war eingehüllt von einem wollenen Tuch. Zwei Sicherheitsnadeln hielten es fest.

Aber die Mandelentzündung war nicht schuld an ihrem Tod. Diesmal war alles ganz klar, nichts Normales und Alltägliches.

Die Stirn war blutverkrustet und aufgerissen über dem rechten Auge, wie von einem Schlag. Schmale Bahnen von Blut waren über das Gesicht gelaufen und jetzt eingetrocknet.

Aber da war noch etwas.

Über dem linken Auge der Toten funkelten braune Steine. Aufrecht und in furchtbarer Ruhe ragte der Pferdekopf der Hutnadel empor. Der starke Schaft war durch die Hornhaut gestoßen, und die Spitze lag irgendwo tief im Gehirn. Ein Denkmal des Todes auf einem stählernen Sockel.

Ich merkte nicht, wie ich mich langsam setzte, auf einen Stuhl, der vor der rechten Seite des Bettes stand. Ich fand meine Besinnung erst wieder, als ich hinter mir Schluchzen hörte.

Mechthild stand mit dem Gesicht am Türpfosten und weinte. Sie war hinter mir gewesen und hatte nicht geschrien. Sie lief nicht weg. Aber sie weinte. Ich blieb sitzen, konnte mich nicht rühren. Ich hielt die Hand vor die Augen und sah durch einen Spalt zwischen meinen Fingern immer wieder die Nadel über dem toten Gesicht.

Der verfluchte Mörder.

Eine alte, wehrlose Frau. Im Bett. An ihrem Geburtstag.

Da standen wir mit Blumen und Pralinen und ich mit dem lächerlichen Montiereisen und hatten nicht helfen können.

Mechthilds Schluchzen wurde leiser und hörte auf. Die Stille senkte sich über uns wie ein Tuch. Ich blieb sitzen und wußte nicht, was ich tun sollte.

Dann hörten wir ein Geräusch.

Ein leises, hohes Piepen, dreimal hintereinander. Es erschreckte uns nicht. Es gab kaum mehr etwas, was uns noch erschrecken konnte.

Ich blickte auf und sah im Zimmer umher.

Es hatte ein Fenster. Dorotheas Bett stand mit der Querseite daneben, nur durch die Breite des Nachttisches getrennt. Das Licht fiel in schrägen Strahlen über die Tote, als läge sie in einer Kapelle.

Auf dem Nachttisch stand das Bild, das ich kannte.

Die fünf Mädchen. Ich erkannte Dorothea an ihrem runden, treuherzigen Gesicht, das nicht ganz zwischen die anderen paßte. Sie war sitzengeblieben. Ihr Leben lang war sie sitzengeblieben.

Das Fenster war geschlossen. Sicher hatte sie Angst vor dem Zug gehabt und vor einer neuen Erkältung.

An die Glasscheiben preßten sich die Weinranken. Das Fensterbrett war breit. In der linken Ecke stand ein Käfig aus Messing.

Ganz hinten, am äußersten Ende der Stange, saß ein Wellensittich. Die Stäbe gruben Kerben in sein Gefieder, und seine kleinen glänzenden Augen waren auf uns gerichtet, in namenloser Angst.

Zum erstenmal sprach einer von uns. Ich.

«Der war die ganze Zeit hier.»

«Ja.»

«Wenn er nur den Schnabel aufmachen könnte!»

«Die reden doch - manchmal.»

«Manchmal ja.»

Eine Weile hörten wir nur unseren Atem in der Stille. Dann fragte Mechthild: «Wer tut so etwas?»

Ich ließ die Lehne des Stuhles los. Langsam drehte ich mich, bis ich ihr voll ins Gesicht sehen konnte.

«Jemand, der hinter den fünf Mädchen auf dem Bild da her ist.»

Sie konnte nicht mehr bleicher werden.

«Hinter - aber -?»

«Sie kennen es doch», sagte ich langsam. «Die fünf Schulfreundinnen. Jetzt ist noch eine übrig.»

Verständnis kam in ihre Augen.

«Ihre Tante war die letzte. Es kann Zufall gewesen sein, wie bei den anderen. Aber das hier ist keiner. Dorothea war gesund. Sie hätte noch zwanzig Jahre leben können. Das war zu lange.»

Mechthild antwortete nicht. Ihre Lippen begannen zu beben. Dann weinte sie wieder lautlos in ihr Taschentuch. Sie tat mir leid. Es war nicht zu ändern.

Ich stand auf, faßte sie um die Schultern.

«Gehen wir, Mechthild. Tun können wir nichts mehr, und anfassen dürfen wir nichts.»

Sie nickte stumm. Ich wollte die Tür schließen.

Da schrie der Wellensittich auf.

Mechthild fuhr in meinem Arm zusammen.

Wir sahen beide hinüber zu dem Käfig hinter der Toten.

«Was hat er gesagt?»

«Ich weiß nicht», antwortete sie. «Es klang wie ‹Irmchen› - oder ‹Minchen› -, ich hab's nicht verstanden.»

«Ich auch nicht. Aber so ähnlich war es.»

Ich zog die Tür ins Schloß. Mechthild tupfte an ihren Augen herum und schnaubte Tränen ins Taschentuch. Ich wartete, bis sie fertig war.

«Wir müssen die Polizei holen», sagte ich. «So schnell wie möglich. Können Sie das machen?»

Sie nickte.

«Ich möchte nicht gern hier weggehen. Vielleicht kommt doch jemand und stöbert rum. Ein paar Ecken zurück war eine Zelle. Gehen Sie hin und rufen an? Es ist besser, als das Haus zusammenzutrommeln.»

«Ja.»

«Schön. Hier ist die Nummer. Das ist mein Freund, der Kommissar von der Mordkommission. Vielleicht kommt er selber.»

Ich riß den Zettel aus meinem Notizbuch.

«Und dann kommen Sie wieder her. Wir müssen unsere Aussage machen.»

Sie nickte wieder, mit furchtsamen Augen.

«Keine Angst. Rufen Sie ihn an. Sie kennen ihn ja. Diesmal wird er auch nicht kichern.»

Sie sah in den Spiegel der Garderobe und fuhr durch ihr Haar. Dann ging sie schnell dem Ausgang zu. Sie machte die Tür auf, wartete, drehte sich um. Ich winkte ihr zu.

Sie sagte: «Wenn jemand kommt - seien Sie vorsichtig. Bitte!»

«Bin ich.»

Ich stand noch, als sie fort war, und freute mich und wußte nicht genau warum.

Dann saß ich im Wohnzimmer auf einem der Plüschsessel. Ich hörte das gleichmäßige Ticken der Standuhr und sah dem schwingenden Perpendikel zu. Sie hätte jetzt stehenbleiben müssen, wie im Märchen. Aber hier war kein Märchen. Hier war Mord.

Ich dachte an den Wellensittich, der im Schlafzimmer vor der Toten saß. Was hatte er gesehen und wen? Wann war es passiert? Heute, gestern, in der Nacht? Wie war der Mörder hereingekommen? Unwillkürlich sah ich mich um, nach dem Vorhang zum Nebenzimmer hin. Ganz leise schwankte er hin und her, aber es war nichts, es war nur die Mailuft, die vom Balkon her hereinstrich.

Warum mußte ich in so eine Geschichte geraten? Ich nahm eine Zigarette heraus und zündete sie an. Sie schmeckte mir nicht, aber ich hatte etwas zu tun mit meinen Händen.

Acht Minuten waren vorbei, seitdem Mechthild gegangen war. Da hörte ich Schritte auf der Treppe.

Nicht ihre Schritte.

Sie waren leicht, fast leichter als die eines Mädchens, aber gleichmäßig, ohne Überschwang und Hast. Jemand, der Zeit hatte und doch genau wußte, was er wollte.

Für eine kurze Spanne meiner Gedanken hoffte ich, daß der Besuch der unteren Wohnung gelten sollte. Die Hoffnung trog mich so schnell, wie sie gekommen war. Die Schritte klangen auf dem unteren Treppenabsatz, ohne zu verhalten. Noch dreißig Stufen zwischen mir und ihnen.

Ich drückte die Zigarette am Rand einer Vase aus und stand auf. Das Montiereisen lag auf dem Teppich.

Ich nahm es auf ohne den Öllappen. Das Eisen kühlte meine Handfläche von neuem und beruhigte mich, wie ein Freund, der einem Mut macht.

Ich zog die Wohnzimmertür heran bis auf einen Spalt, durch den ich sehen konnte. Der Flur lag im Halbdunkel, und hinter mir war es hell. Günstig für einen Angreifer, wenn er einer war.

Der Unbekannte nahm die letzten Stufen in gleichmäßigem Tempo. Dann blieb er vor der aufgebrochenen Tür stehen. Ich atmete flach und lautlos und wartete.

Die Klingel schrillte neben meinem Ohr wie eine Dampfpfeife. So wenig war ich auf diese Möglichkeit gefaßt gewesen, daß ich beinahe das Eisen fallen ließ. Ein Mörder, der zurückkam und klingelte? Kaum.

Ich blieb stehen, wo ich war. Es klingelte zum zweitenmal.

Dann wurde vorn der Türflügel zurückgestoßen.

Ich ließ nur ein Auge an meinem Spalt. Das Licht fiel vom Treppenhaus her gegen die Öffnung. In dem hellen Rechteck stand eine Gestalt, die ich kannte.

Klein, mit mächtigem Schädel. Die rechte Hand ruhte auf einer Schirmkrücke. Die linke hielt einen Strauß Blumen, und die Konturen ihrer Blüten zeichneten sich scharf gegen den Hintergrund ab.

Der Oberstudiendirektor, Schopenhauer der Zweite.

Wie ein gespenstischer Scherenschnitt auf hellem Papier.

Langsam öffnete ich die Wohnzimmertür. Ich trat einen Schritt nach links auf die Schwelle und blieb stehen.

Der Rektor rührte sich nicht. Keine Bewegung des Erschreckens war an ihm zu sehen. Aber ich fühlte, wie seine Augen sich zu mir herbohrten über die Länge des Flurs.

«Was tun Sie hier?»

Ich ging langsam auf ihn zu.

«Guten Tag, Herr Oberstudiendirektor.»

Er hatte mich erkannt, sowie ich herausgekommen war.

«Guten Tag, Herr Doktor Klein. Nun?»

Wieder hatte ich das Gefühl, in der Pause vor dem Rektor zu stehen, wie vor langer Zeit.

«Ich wollte dasselbe tun wie Sie», antwortete ich. «Gratulieren. Außerdem war ein Krankenbesuch zu machen. Jetzt warte ich auf die Polizei.»

Er musterte mich aus scharfen Augen, wie ein Raubvogel.

«Wer hat diese Tür aufgebrochen?»

«Ich.»

«Warum?»

«Ich habe befürchtet, daß Frau Lindemann etwas zugestoßen ist.»

«Und?»

Ich antwortete so schnell, wie er gefragt hatte.

«Sie ist tot.»

Wieder keine Bewegung. Aber alle Linien des faltigen Gesichtes wurden härter, wie in einer starren, künstlichen Maske.

Dann hängte er die Krücke des Schirmes über seinen linken Arm, der die Blumen hielt. Er nahm langsam seinen Hut ab.

«Kann ich sie sehen?»

Ich wußte kein Recht und keinen Weg, ihm das zu verbieten.

«Wenn Sie nicht erschrecken, Herr Oberstudiendirektor.»

«Ich erschrecke niemals, mein Freund.»

Ich ging vor ihm her zur Schlafzimmertür. Er blieb in der Öffnung stehen. Ich sah noch mal über seine Schulter, was ich schon gesehen hatte.

Die Tote. Das blutige Gesicht. Das gläserne Pferd.

Er stand mit gesenktem Kopf. Aber ich ahnte, daß seine Augen jede Einzelheit wahrnahmen und festhielten wie eine Filmkamera.

Oder hatte er schon gewußt, was er sehen würde?

Er berührte nichts und tat keinen Schritt weiter in das Zimmer. Es sah so aus, als ob er immer nur das Notwendige täte und immer nur das Richtige.

Er drehte sich, um das Zimmer zu verlassen. Als ich die Tür schließen wollte, gellte der Ruf des Wellensittichs hinter uns her.

Der Rektor hob ruckartig den Kopf. Seine Augen funkelten. Ich sah ihn an, ohne Verständnis.

«Das hat er vorhin schon mal gerufen – gerade, als ich zumachen wollte. Immer wenn jemand rausgeht. Haben Sie es verstanden?»

«Ich weiß es nicht», sagte der Rektor, und für eine Sekunde glitt das faunische Lächeln über sein Gesicht, das ich an ihm schon kannte. «Vielleicht komme ich noch darauf.»

Ich zog die Tür ins Schloß.

«Wollen wir uns reinsetzen? Meine Sprechstundenhilfe ruft die Polizei. Sie muß gleich hier sein.»

Er kam nicht zu seiner Antwort.

Hinter uns knarrte die Korridortür, und ein leiser Luftzug wehte an uns vorbei. Unsere Blicke schnellten gleichzeitig herum.

Eine dunkle Gestalt stand im Türrahmen, wie vorhin der Rektor, aber schmaler und höher.

Ein Todesengel, der lautlos gekommen war.

Diesmal schlug mein Herz einen kurzen Wirbel zum Hals hinauf. Ich ärgerte mich darüber. Die verdammte Wohnung fing an, mir auf die Nerven zu gehen.

Bevor ich irgend etwas tun konnte, schnarrte die Stimme des Rektors den Flur hinunter.

«Guten Tag, Agnes!»

Im gleichen Tempo, in dem er gekommen war, schritt er zum Ein-

gang zurück. Ich folgte ihm zögernd, bis auch ich erkannte, wer da stand.

Agnes Lansome.

Die erste von den alten Damen, die ich gesehen hatte. Und die letzte, die übrig war.

Sie machte genau den gleichen Eindruck wie damals. Schwarzes Kleid mit kurzem leichtem Übermantel und Handschuhen, alles in Schwarz. Über dem Marzipangesicht das weiße Haar sorgfältig aufgesteckt und darauf ein ebenso schlichter wie teurer Hut, ganz anders als der von der armen Dorothea. Eine Großfürstin, die eine Nebenlinie des regierenden Hauses besucht.

Sie blickte uns an mit gezügelter Verblüffung.

«Walter? Und Herr Doktor Klein? Wo ist Dorothea?»

Der Rektor räusperte sich.

«Am besten, du kommst mit uns ins Wohnzimmer, meine Liebe.»

Er nahm sie unter den Arm und führte sie nach hinten. Ich folgte wie ein Lakai.

Im Wohnzimmer wies uns der Rektor die Plätze an. Agnes setzte sich wie auf einen Thronsessel. Sie hatte ein Päckchen bei sich und legte es auf den Tisch.

Mit allen unseren Geschenken war es jetzt schon eine richtige Geburtstagstafel. Aber niemand war da, der sich darüber freuen konnte.

Sie wiederholte ihre Frage.

«Wo ist Dorothea?»

Der Rektor legte den Hut auf seine Knie. Dann verschränkte er beide Hände über der Krücke des Schirmes. Sein Haarkranz zitterte sacht im Wind, der vom Balkon herkam.

«Sie liegt im Schlafzimmer, Agnes.»

Die alte Dame verstand nicht. Sie blinzelte von einem zum anderen von uns.

«Im - ja, warum -?»

«Du wirst ihr nicht mehr gratulieren können.»

Seine Raubvogelaugen ließen nicht von ihrem Gesicht während dieser Worte. Ich hatte den ganz flüchtigen Eindruck, es brächte ihm geheimen Spaß, sie zu erschrecken.

Agnes faßte nach der Lehne ihres Stuhles. Aber sie saß aufrecht.

«Was - was ist mit ihr?»

«Sie ist tot, Agnes. Man hat sie umgebracht. Du brauchst nicht mehr hinzugehen.»

Ich bekam Mitleid mit ihr und Zorn auf den Alten. Es sah aus, als wollte Agnes aufspringen. Ich legte meine Hand auf ihren Arm.

«Es ist besser, Sie bleiben hier, gnädige Frau. Sie können ihr nicht mehr helfen.»

«Nein», sagte der Rektor.

Es blieb ganz still. Agnes saß aufrecht wie eine Statue, mit weißem Gesicht. Der Rektor hielt seinen Schirm wie ein Schwert. Ich rührte mich nicht. Eine gespenstische Versammlung im Wohnzimmer einer Toten.

Dann hörten wir fernen Lärm im Treppenhaus. Auf den Stufen erklangen viele schwere Schritte. Fast war ich froh, als sie auf dem Gang näher kamen.

Die Tür flog auf. Ich sah den Indianerkopf von Daniel Nogees. Hinter ihm stand Mechthild.

Daniel vollführte eine knappe Verbeugung.

«Kommissar Nogees. Tag, Michael.»

Ich stand auf.

«Daniel, das ist Doktor Wiebach. Frau Lansome.»

Der Rektor zog seinen Blick blitzschnell von Daniel zu mir. Dann erhob er sich mit Würde.

«Guten Tag, Herr Kommissar. Es freut mich ungemein, Ihre Bekanntschaft zu machen.»

Daniel nickte stumm und musterte unsere Mitbringsel auf dem Tisch.

«Gratulanten, wie?»

«So ist es.»

«Gut, meine Herrschaften. Bitte, warten Sie hier auf mich. Wir haben zuerst draußen zu tun.»

Er ließ Mechthild an sich vorbei ins Zimmer und schloß die Tür.

Sie begrüßte Agnes und den Rektor. Dann setzte sie sich auf einen Stuhl in einiger Entfernung vom Tisch. Auch der Alte und ich setzten uns wieder. Niemand sprach. Alle lauschten wir den Geräuschen und den gedämpften Stimmen, die von draußen hereindrangen. Jetzt waren sie bei der Toten. Daniel sah, daß ich recht gehabt hatte, aber ich war nicht froh darüber. Sicher hatte er Mechthild an der Zelle aufgegabelt. Und sie hatte ihm alles erzählt. Was würde jetzt passieren? Was für Gedanken hatte der Alte in seinem Schopenhauerschädel? Und wie war Agnes zumute, der letzten von fünfen?

Das Perpendikel der Standuhr bewegte sich wie durch Leim. Unsäglich langsam krochen die Zeiger vorwärts. Ich dachte an die Patienten, die ich noch besuchen sollte.

Eine knappe Viertelstunde saßen wir so. Wie Zuschauer, die auf den Gong zum letzten Akt warten.

Dann kam Daniel wieder.

Nichts von der gewohnten Albernheit war in seinem Gesicht. Ich hatte ihn schon erlebt, wenn er auf einer Fährte war, aber noch nie war ich selbst mit drin gewesen.

Daniel lehnte sich gegen die Kredenz mit den schlangenartigen Säulen.

«Wer von Ihnen war nach Doktor Klein zuerst da?»

Der Rektor antwortete, ohne zu zögern.

«Ich.»

«Wann sind Sie gekommen?»

«Es war um fünfzehn Uhr zehn.»

«Du?»

«Gegen halb drei.»

Mechthild nickte, aber Nogees fragte sie nichts. Er sah Agnes Lansome an.

«Sie?»

«Ich? Ich weiß nicht - ich -»

«Frau Lansome kam etwa fünf Minuten nach mir», sagte der Rektor mit ruhiger Stimme. «Doktor Klein und ich standen noch auf dem Flur.»

Agnes nickte hastig.

«Ja, ja - ich bin vorhin erst - aber ich war schon einmal da.»

Daniel sah sie an. Wir alle taten es.

«Haben Sie unten gefragt?»

«Ja. Ich -»

«Wann?»

Sie sah im Kreise herum, als könnte ihr einer von uns die Zeit sagen.

«Oh - es muß gegen Mittag gewesen sein. Ich hatte in der Stadt gegessen, und dann bin ich hergefahren - ich wollte Dorothea überraschen - aber sie hat nicht aufgemacht.»

Sie schwieg. Nogees wartete.

«Ich habe ein paarmal geklingelt - dann bin ich hinuntergegangen und habe gefragt.»

«Was haben Sie erfahren?»

«Die Dame wußte nichts.»

Ich sah zu Mechthild hinüber. Wie bei uns.

Daniel ließ kaum Pausen zwischen seinen Fragen.

«Sind Sie oft hierhergekommen?»

«Ich - wir haben uns immer mal gegenseitig besucht. So sehr oft nicht, wenn Sie das meinen.»

«Und Sie, Herr Doktor Wiebach?»

«Ich bin nur wenige Male hiergewesen, Herr Kommissar. Aber zu den Geburtstagen von Frau Lindemann regelmäßig.»

«Hm.» Daniel schob eine Hand in die Tasche, bevor er langsam weitersprach. «Frau Lindemann wurde aller Wahrscheinlichkeit nach von jemandem ermordet, den sie gut kannte. Sie ließ ihn dicht an sich heran, ohne sich zu wundern. Der Mörder betäubte sie durch einen Schlag auf die Schläfe. Mit einem Messingleuchter. Dann stieß er ihr die Hutnadel durch das linke Auge ins Gehirn.»

Von Agnes her kam ein erstickter Laut. Sie schlug beide Hände vor ihr Gesicht. Ich fürchtete, sie würde vornüberfallen, und wollte sie stützen. Aber sie schwankte nur und hielt sich aufrecht.

Wir alle hatten es gewußt. Nur sie nicht.

Daniel fragte: «Sie haben die Tote nicht gesehen, Frau Lansome?»

Agnes schüttelte stumm den Kopf hinter ihren Händen.

«Und Sie, Doktor Wiebach?»

Der Rektor saß, aber plötzlich schien er größer zu sein als Daniel.

«Ich habe sie gesehen. Es war mein Wunsch.»

«Warum?»

«Ich bin immer zu ihrem Geburtstag hergekommen», sagte der Rektor ernst und feierlich. «Ich kenne sie seit über fünfzig Jahren, als ich als Studienreferendar Lehrer in ihrer Klasse war. Und ich wollte Abschied nehmen von ihr.»

Daniel betrachtete ihn mit einem langen, nachdenklichen Blick. Dann griff er in seine Brusttasche. Als er die Hand herauszog, sah ich das Bild vom Nachttisch.

«Ist das die Klasse?»

Wiebach nickte.

«Es ist ein Teil davon.»

«Frau Lansome - wo sind Sie?»

Agnes deutete auf das zweite Mädchen von links.

«Hier.»

«Hm. Und Frau Lindemann?»

«Hier. Die letzte.»

«So.»

Daniel wartete, steckte das Bild langsam zurück.

Ich beobachtete sein Gesicht.

«Die erste Tote von den fünfen war Ihre Schwester, Doktor Wiebach. Die zweite Ihre, Frau Lansome. Die dritte war die Tante von Fräulein Groß. Bis dahin schien es keinen Mörder zu geben. Heute wissen wir, daß es einen gibt. Wir müssen annehmen, daß diese Todesfälle in einem Zusammenhang stehen.»

Seine Augen gingen hin und her zwischen Agnes und dem Rektor.

«Und nun finde ich es an der Zeit, daß Sie mir diesen Zusammenhang verraten. Den Grund, warum es einen Mörder gibt.»

Niemand sagte etwas.

«Ich erfahre es spätestens morgen von Rechtsanwalt Krompecher.» Daniels Blick streifte mich. «Mir ist lieber, ich erfahre es jetzt.»

Der Rektor wandte den Kopf zu Agnes. Sie blickte zu Boden.

«Ich glaube, wir müssen es sagen, Agnes. Es ist spät genug.»

Sie veränderte ihre Haltung nicht. Irgend etwas von Abwehr war

darin. Als sie aufsah, wußte ich, was es war. Mechthild und ich.

Auch Daniel hatte es gespürt.

«Fräulein Groß ist eine Verwandte Ihrer Schulfreundin, Frau Lansome», sagte er ruhig. «Doktor Klein ist Ihr Hausarzt. Er hat sich schon beim Tod Ihrer Schwester Gedanken gemacht, als noch niemand Böses ahnte.»

Wieder fing ich einen der schnellen, faunischen Blicke des Rektors auf und dachte an meinen Besuch. Wenn einer Böses geahnt hatte, dann er.

«Sie haben beide ein gewisses Recht darauf, die Wahrheit zu erfahren», fuhr Daniel fort. «Und ich weiß, daß sie niemandem ein Wort davon erzählen werden.»

Agnes hielt die Hände wie gefaltet im Schoß. Die Fingerspitzen trommelten nervös gegeneinander. Der Rektor sah ihr gerade ins Gesicht.

«Soll ich es tun, Agnes?»

Sie hob plötzlich den Kopf und hielt die Hände still.

«Nein, ich tue es selbst.»

Sie wandte sich halb zu Daniel hin. Unwillkürlich beugte ich mich vor und sah, daß Mechthild das gleiche tat. Ganz schwach zwinkerten wir einander zu.

Agnes begann.

«Die Angelegenheit ist einfach. Wir fünf haben seit langer Zeit zusammen Lotto gespielt. Früher war es die Lotterie, aber als das Lotto aufkam, gefiel es uns besser, und wir fingen damit an. Vor einem halben Jahr haben wir fünfhunderttausend Mark gewonnen.»

Es war heraus. Es war die einfachste Sache der Welt. Fast fühlte ich Enttäuschung nach aller Neugierde. Ich hatte an Erbschaft gedacht, an Rache, an ein altes Geheimnis, das weit zurücklag und uns jetzt verfolgte.

Lottogewinn!

Jetzt war mir klar, woher die neue Fernsehtruhe kam. Ich konnte mir vorstellen, wie Dorothea ihren Anteil ängstlich gehütet hatte, wie einen Schatz im Kellergewölbe. Aber ein bißchen hatte sie teilhaben wollen am Glanz der neuen Zeit. Die Truhe mit der Zauberröhre.

«Jeder bekam hunderttausend?» sagte Daniel kurz.

«Ja.»

«Und bei Todesfällen?»

«Geht der Anteil auf die anderen über.»

«Nicht auf Angehörige?»

«Nein. Erst wenn alle –»

Sie sprach nicht weiter. Alle dachten wir dasselbe. Eine großartige Bestimmung für den Mörder.

«Wer weiß alles von diesem Gewinn?»
«Nur wir - ich - und du, Walter - und Doktor Krompecher.»
«Sie haben keinem anderen Menschen etwas erzählt?»
«Nein.»
«Sie?»
«Keinem, Herr Kommissar», antwortete der Rektor.

Keinem. Blieben nur die anderen. Die Toten. Irgendwo war ein Riß in diesem Netz der Verschwiegenheit.

Daniel tat etwas Unerwartetes. Er fragte Mechthild, schnell und ohne Einleitung:

«Haben Sie etwas davon gehört? Von Ihrer Mutter?»

Es dauerte etwas, bis sie verstand, daß sie gemeint war. Sie bekam erschrockene Kinderaugen.

«Ich? - Nein - niemals! Tante Bertha hat auch nie etwas gesagt - nein.»

Er fragte nicht weiter. Draußen erklangen jetzt wieder leise Stimmen und Schritte, die sich in monotonem Gleichtakt entfernten. Sie trugen Dorothea hinaus, die sterben mußte, weil sie gewonnen hatte.

Dann verstummten alle Geräusche vor der Tür. Daniels Leute waren gegangen. In die Stille unserer reglosen Runde klang ein Rascheln vom Kleid der alten Dame. Sie hatte sich ganz umgewandt zu Daniel. Ihre weißen, schmalen Hände umklammerten die Seitenlehne des Sessels, und die Furcht starrte aus ihrem Gesicht.

«Ich habe solche Angst», flüsterte sie.

Fünfzehn Minuten später fuhren wir den Weg zurück, den wir gekommen waren. Der Himmel war jetzt dunkler und die Straße trostloser, als läge ein Schatten über allem.

«Und jetzt auch noch Besuche», sagte ich.
«Besser als Sprechstunde. Ich bin ganz erschlagen.»
«Kann ich mir vorstellen. Eine teuflische Geschichte. Und der Teufel ist noch dabei.»

Eine Ampel blinkte. Ich hielt. Mechthild wandte den Kopf zu mir.
«Glauben Sie, daß - Tante Bertha auch -?»
«Möglich. Kann auch Zufall gewesen sein.»
«Zufall?»
«Ja. Zufälle, die jemand ausgenützt hat.»

Das Licht wechselte. Ich sah kurz von der Straße weg nach rechts.
«Haben Sie jemals den Eindruck gehabt, daß Ihre Tante sich fürchtete?»
«Nein. Nie. Fürchten lag ihr nicht.»
«Und von dem Geld hat sie nichts erzählt?»

«Nein. Sie erzählte nie etwas von ihren Angelegenheiten.»
«Seltener Fall.»

Ich geriet in dichteren Verkehr und mußte aufpassen. Eine Weile schwiegen wir.

Beim nächsten Stopp fragte ich: «Sie, Mechthild - haben Sie Angst?»

Sie hob langsam ihre Seidenwimpern.

«Manchmal ein bißchen. Es war schon fast vorbei. Vielleicht geht es wieder los.»

Ich wich einer alten Frau aus, die langsam über die Straße wanderte. Figur wie Dorothea.

«Keine Sorge», sagte ich. «Niemandem passiert etwas, solange Agnes nichts passiert. Und jetzt sitzt die Polizei dahinter. Und Daniel.»

Mechthild zögerte mit einer Frage.

«Haben Sie - eine Ahnung, wer es ist?»

«Nein», antwortete ich. «Keine.»

Ich ordnete mich links ein und bog ab.

«Wohin fahren Sie denn?»

«Zu Ihnen nach Haus.»

«Und die Besuche? Der Verband?»

«Mach ich allein.»

Sie legte ihre Hand auf meine am Steuerrad.

«Nein. Ich möchte mit.»

«Ich denke, Sie sind erschlagen?»

«Trotzdem.»

Ich zog meine Hand heraus und streichelte über ihre Finger.

Wir erledigten alles, so schnell es ging. Die Sonnenstrahlen lagen flach und matt über den Straßen, als ich vor Mechthilds Haus stoppte.

«Meine Dame - Ihr häuslicher Herd.»

Sie machte keine Anstalten auszusteigen.

«Wo essen Sie denn?»

«Zu Hause.»

«Ich könnte uns etwas machen -»

Ich lächelte und faßte von hinten an ihr Haar. Sie blieb ganz still sitzen.

«Das ist nett von Ihnen, Mädchen. Aber Bruder Daniel kommt gleich zu mir. Machen wir's ein andermal. Wenn alles vorbei ist.»

«Ja», sagte sie, «wenn alles vorbei ist.»

Ich stieg aus und ging herum zur anderen Seite.

«Vielen Dank fürs Mitkommen.»

Sie gab keine Antwort.

«Noch was, Mechthild. Dem Mörder wird es jetzt etwas wärmer werden unterm Hintern. Vielleicht wird er nervös. Wenn hier irgendwas passiert, was Ihnen komisch vorkommt - sagen Sie es mir sofort? Zu jeder Tages- und Nachtzeit? Gleich?»

Sie nickte gehorsam.

«Versprechen Sie es?»

«Ja.»

«Alsdann gute Nacht. Schlafen Sie ruhig.»

«Sie auch.»

Ich stieg ein. Sie ging durch die Pforte und den Sandweg entlang. An der Tür winkte sie. Ich winkte zurück und überlegte mir, wie ich es aushalten sollte, wenn ich sie jemals wiedersehen würde.

In meiner Wohnung war es einsam und still. Ich kaute an ein paar Broten, während ich die Gläser aufbaute und Eiswürfel kleinbrockte. Der Whisky stand im Eisschrank, umgeben von niedriger Temperatur.

Es klingelte kurz nach acht. Daniel kam mit Sherlock. Sie warfen sich im Wohnzimmer auf die Stühle. Ich holte für uns die Flasche und ein Würstchen für den Dackel.

Daniel trank sein Glas aus.

«Nun sag schon ‹Siehste› zu mir!»

«Sag ich nicht», antwortete ich. «Was war los?»

Er streckte seine Beine unendlich weit von sich.

«Habe deinen Krompecher heimgesucht. Stimmt alles. Jede hunderttausend. Stirbt eine, wird ihr Anteil aufgeteilt.»

«Warum hat er nach den Todesursachen gefragt?»

«Routine. Macht er immer in solchen Fällen. Hat böse Erfahrungen.»

«Jetzt hat er eine mehr.»

«Ja. War ziemlich erschüttert, trotz der straffen Haltung. Hat mir den ganzen Papierkram gezeigt. Außerdem bedauert er, aber er bittet dich um Einsicht.»

«Furchtbar nett. Und nun?»

«Nun kassiert Agnes.»

Ich trank und fragte: «Wer kassiert, wenn sie auch - ausfällt?»

«Sind 'n paar Erben da. Erstens der Herr Oberstudiendirektor.»

«Schopenhauer?»

«Ja.»

«Hat er gewußt von dem Gewinn?»

«Hat er. Als einziger.»

«Als einziger?»

Daniels Unterlippe kam vor.

«Bis jetzt sieht's so aus. Sie haben alle dichtgehalten wie Gummigaloschen.»

Der Whisky hinderte ihn am Weitersprechen.

«Andere Erben?»

«Hm. Die Mama von deiner Mechthild. Und nach der sie selber. Und dann -»

Ich dachte an Mechthild und wartete auf seine Worte. «Da soll noch irgendein verschollener Verwandter herumschwirren. Neffe von Alma und vom Rektor. Ist spät aus Gefangenschaft gekommen - jetzt Ausland - irgendwo bei den Azteken, ich weiß nicht.»

«Der große Unbekannte.»

«Ja.»

«Wenn der die Sache inszeniert hat?»

Daniel wiegte seinen Schädel.

«Bißchen billig. Frank Allan, der Rächer der Enterbten.»

Ich füllte nach, was zu einem Whisky gehört.

«Was hat euer Doktor gesagt?»

«Zwei bis vier Stunden war sie tot.»

«Dann war der Mörder der erste von uns?»

«Sieht so aus. Er muß vor Agnes gekommen sein - gegen zwölf.»

«Und sie hat gedacht, Agnes wäre es, und -»

«Wahrscheinlich.»

Ich trank und dachte an den Mittag von gestern.

«Kein Mensch hat einen Fremden gesehen?»

«Keiner. Im Vorderhaus nicht und die Alte nicht im ersten Stock. Könnte nur sein -»

«Was?»

«Zwischen Agnes und euch. Nach eins und vor halb drei.»

«Warum hat sie denn Agnes nicht reingelassen?»

Daniel zerkaute ein Stückchen Eis.

«Es gibt 'ne Möglichkeit. Sie wollte niemanden reinlassen, der nicht zu einer bestimmten Zeit angemeldet war. Agnes kam zu früh. Der Mörder kam richtig.»

«Meinst du, sie hat was geahnt?»

«Vielleicht.»

Ich sah vor mir alle Gesichter.

Das von Agnes mit Furcht in den Augen. Das des Rektors mit dem Faunblick, der überall durchging und dem nichts verborgen schien. Mechthilds glitzernde Augen unter der weißen Stirn. Krompechers eisige Pupillen hinter der Brille. Und ein Gesicht, das ich noch nie gesehen hatte. Der Neffe, den niemand kannte, der vielleicht um uns war und aus dem Schatten jede unserer Bewegungen verfolgte.

Daniel saß wie vorher, zusammengerutscht und träge. Nur seine

Augen lebten. Meine Gedanken schienen sich zu übertragen in sein Gehirn.

«Einer ist es», sagte er. «Und sein Vorsprung ist verflucht groß.»

«Krompecher?»

«Der hat nicht viel davon. Nur der Neffe. Und der Rektor. Und die Mama.»

«Und Mechthild», sagte ich.

Daniel schwieg.

«Dan - gestern kann sie es nicht gewesen sein.»

Seine Worte fielen langsam wie Tropfen:

«Nein. Sie nicht. Woher weiß ich, ob es nicht jemand anderes tut. Für sie.»

Eine heiße Welle von Ärger überfiel mich.

«Woher weiß ich, daß du nicht dieser Neffe bist?»

«Richtig», sagte er leise. «Woher weißt du das?»

Ein paar Sekunden lang starrte ich ihn an, über die Gläser hinweg, wie einen Fremden. Dann strich ich mit der Hand über die Augen.

«Es ist Blödsinn, alter Knochen. Wir machen uns verrückt. Ich kenne dich. Und sie auch. Es ist Quatsch.»

«Niemand kennt den anderen, Michel.»

Ich wußte es. Und gleichzeitig wußte ich, daß ich Mechthild liebte. Sie durfte es nicht sein.

Wir blieben still, bis die Gläser leer waren. Es war spät, und nichts rührte sich mehr im Haus. Sherlock hatte den Sessel verlassen. Er lag in ganzer Länge auf dem Teppich und schlief fest.

«Was tust du jetzt?» fragte ich.

«Ich grabe in der Vergangenheit herum», antwortete Daniel. Er stand auf. «Vielleicht muß ich auch anderswo graben.»

Ich nickte.

«Und Agnes?»

«Die lassen wir nicht mehr aus den Augen», sagte er. «Niemanden lassen wir mehr aus den Augen.»

Ich brachte meinen Wecker zur Ruhe und dachte wieder an Daniels Worte. Es war eine der wenigen Nächte, in denen ich schlecht geschlafen hatte. Die alten Damen waren nun auch mein Fall. Ich würde die Stunden zählen bis zu seinem Ende.

Ich trank Tee und aß wenig. Dann ging ich hinüber. Mechthild öffnete die Tür zur Praxis. Mir wurde viel besser, als ich ihr Gesicht sah.

«Morgen, Erbin!»

Sie lächelte nicht.

«Sie sollten nicht so was sagen.»

«Nicht böse sein», antwortete ich. «Mir wäre lieber, es hätte dieses Geld nie gegeben.»

Sie folgte mir ins Sprechzimmer. Ich suchte die Karte von Dorothea heraus. Gerade erst angelegt. Schon wieder zu Ende. Zwei Beratungen. Ein Besuch.

Ich schrieb das Datum hin und malte langsam das Kreuz dahinter. Meine Augen gingen zu Mechthild. Weiß und süß und mit Bewegungen wie ein Engel. Warum, zum Teufel, konnte man nicht hineinsehen in die Menschen?

Sie drehte sich um.

«Ich hab die Spritzen fertig. Können wir?»

«Wir können», sagte ich.

Um elf klingelte das Telefon. Eine Stimme, die ich gestern gehört hatte.

Agnes Lansome.

Sie sprach schnell, als wäre sie gelaufen.

«Herr Doktor - kann ich noch zu Ihnen kommen?»

«Natürlich», sagte ich. «Ist irgendwas?»

«Ach - nichts Besonderes - sicher nur die Aufregung - ich glaube, das Herz -»

Das Herz. Jennys Herz.

«Kommen Sie gegen halb zwölf», sagte ich. «Dann ist es leer, und Sie brauchen nicht zu warten.»

«Vielen Dank, Herr Doktor. Recht vielen Dank!»

Während der nächsten halben Stunde überlegte ich, ob ich Daniel anrufen sollte. Ich ließ es sein. Hatte Zeit bis nach der Untersuchung.

Agnes kam, zerbrechlich und hoheitsvoll. Jetzt, wo ich die fünfhunderttausend Mark hinter ihr wußte, hatte ich noch mehr Respekt. Sie sah besser aus als gestern, aber immer noch nicht gut genug. Sie war blaß und schien wenig geschlafen zu haben. Wie ich.

«Es tut mir so leid, Sie jetzt noch zu belästigen -»

«Ganz im Gegenteil», sagte ich. «Ich muß Ihnen böse sein, weil Sie mich so wenig belästigt haben.»

Sie konnte verlegen lächeln wie ein Schulmädchen.

«Ach, es ging ja immer gut, wirklich - aber jetzt -»

«Ich weiß. Was fehlt denn?»

«Es ist sicher nur Einbildung - aber ich habe manchmal solche Stiche - und dann ist es, als ob es aussetzt -»

Es war nicht nur Einbildung. Während ich sie untersuchte, mußte ich an ihre Schwester denken. Es war mir, als stände ich wieder in dem kleinen Zimmer mit der düsteren Blattpflanze und dem Baldriangeruch und horchte an einem Herzen herum, das nicht mehr schlug.

Unsinn. Agnes lebte. Ihr Herz schlug, wenn auch nicht so, wie es schlagen sollte.

Schon während sie sich anzog, fragte Agnes.

«Ist es schlimm?»

«Schlimm nicht», erwiderte ich. «Das kriegen wir schnell in Ordnung.»

«Wirklich? Sie wissen doch - Jenny - weil Sie auch -»

«Keine Sorge. Soweit lassen wir es gar nicht kommen. Sie kriegen ein paar schöne Spritzen von mir - nur für den Anfang, dann stellen wir Sie um auf Tropfen, und der Fall ist erledigt.»

«Spritzen - ach - muß das sein? Die gehen doch immer aufs Herz -»

«Das sollen sie auch.» Ich hielt einen kurzen Vortrag über die Wirkung von Strophantin und Fingerhutgift und erklärte ihr, warum das gut wäre für sie. So einer wie ihr mußte man schon erklären, worum es ging.

Sie sah es ein.

Ich rief Mechthild.

«Stroph für Frau Lansome. Aber nur ein Achtel. Für ein Viertel ist sie zu gesund.»

Mechthild legte den Schlauch um den weißen Oberarm. Ich gab mir Mühe, so elegant wie möglich zu spritzen.

«Fertig, Frau Lansome. Sie werden sehen, wie gut das tut. Übermorgen wieder. Wenn was Besonderes passiert, gleich Bescheid sagen. Tun Sie das?»

«Bestimmt, Doktor.»

«Fein. Und - denken Sie nicht zu viel an die andere Geschichte. Das Herz will Ruhe haben.»

Sie seufzte leise.

«Das sagen Sie so! Ich will mir Mühe geben. Auf Wiedersehen, Herr Doktor. Auf Wiedersehen, Fräulein Mechthild.»

Ich verabschiedete mich artig von ihr. Mechthild brachte sie hinaus. Als sie die Spritze holte, sah sie mich an.

«Geht es jetzt bei ihr auch los?»

Ich drückte meinen Sorgensitz hintenüber und faltete die Hände über dem Nabel.

«Hoffentlich nicht. Sonst müssen Sie sich nach einem anderen Arbeitgeber umsehen.»

«Ich? Wieso?»

«Wenn der gute Daniel Nogees so vor sich hindenkt», sprach ich weiter, «dann könnte er denken, der kleine Michel ist gar nicht so dumm, wie er aussieht. Das Mädchen Mechthild kriegt eines Tages 'ne Menge von dem Geld. Michel, dieser Unhold, räumt sacht die alten

Damen aus dem Weg. Eine nach der anderen. Zwischendurch ist er lieb und gut zu dem Mädchen Mechthild, bis sie so blöd ist und auf ihn hereinfällt. Sie schreitet mit ihm zum Traualtar, und er hat Geld. Und wenn sie sich nicht anständig beträgt, dann schickt er sie zu den alten Damen. Er ist Arzt, er kennt sich da aus. Vier hat er geschafft, eine ist noch da. Und die wird nun herzkrank, wie ihre Schwester.»

Mechthild sah aus, als wäre sie einem Schneemenschen begegnet. Es dauerte etwas, bis sie zu Worte kam.

«Ist denn so was - ist das wahr?»

Ich hob die Schultern.

«Ein Polizist muß jede Möglichkeit ins Auge fassen. Dafür wird er schließlich bezahlt. Ist die Idee nicht prima?»

«Wie können Sie so etwas sagen!» Sie war ehrlich empört. «Das ist doch völliger Blödsinn. Ebenso könnte er denken, ich wäre es gewesen!»

«Vielleicht denkt er das», sagte ich ungerührt. «Vielleicht denkt er auch, wir beide haben uns das zusammen ausgedacht. Groß und Klein, die Mördergesellschaft mit beschränkter Haftung.»

«Ich will nichts mehr hören!» rief sie und hielt die Hände vor die niedlichen Ohren. «Wie kann ein Mensch nur auf so was - und außerdem, so was Dummes! Ich würde Sie nie heiraten! Niemals!»

«Das ist der einzige Trost», antwortete ich. «Solange wir das nicht tun, kann uns nichts passieren. Außerdem sind Sie nichts für mich. Ich brauche was Sanftes, Mildes -»

«So wie Inge!»

«Wie welche Inge?»

«Als ich zum erstenmal anrief, haben Sie mich mit Inge angeredet.»

Jetzt war ich platt.

«Haben Sie ein Gedächtnis», sagte ich. «Aber Sie haben recht. Inge ist die Richtige. Blond und zierlich. Ein armes, aber sittsames Kind. Sie würde nie -»

Ich konnte nicht mehr erzählen, was Inge nie tun würde. Das Telefon störte meine Ausführungen.

«Das erinnert mich, daß ich den lieben Daniel anrufen muß», sagte ich. «Von wegen Agnes.»

Ich nahm ab. Es war Daniel.

«Grüß dich, Helfer und Heiler», sagte er. «Grüß dich sehr. Wirkst du emsig zum Wohle der Volksgesundheit?»

«Ich habe ausgewirkt.»

«So? Und wie geht es der guten Tante Agnes? Was Ernstes?»

Ich hätte es mir denken können.

«Tolle Geschwindigkeit», sagte ich und winkte Mechthild an den

Hörer heran. Sie kam mit dem Ohr zur Muschel. «Wollte dich gerade anrufen. Agnes ist vor zehn Minuten erst raus.»

«Ich weiß, Herzbruder. Zwanzig Pfennig gespart. Bei mir geht's auf Amtskosten. Und?»

«Ihr Herz ist nicht das beste. Bißchen zu groß und bißchen zu holprig. Aber nichts zum Erschrecken. Ich geb ihr ein paar Strophspritzen für den Anfang. Dann werden wir weitersehen.»

Daniel schwieg einen Augenblick. Wir warteten am Hörer auf seine nächsten Worte.

«Na, fein», sagte er. «Sei schön vorsichtig mit ihr. Wäre doch - wäre doch wirklich fatal, wenn sie unter deiner Behandlung - äh -»

«Ja», murmelte ich. «Das wäre wirklich fatal.»

Ich sah in Mechthilds Augen, während ich auflegte.

«Das Wunderliche an dem Kerl ist, daß man nie weiß, wann er Witze macht und wann Ernst. War schon früher so. Wahrscheinlich braucht er das für seinen Beruf.»

Sie sah jetzt aus, als hätte sie Sorgen um mich. Das machte mir Freude.

«Wie kann er solche Witze machen? Sie sind doch sein Freund!»

«Das bin ich. Deswegen nehme ich ihm auch nicht übel, wenn er alle Möglichkeiten durchgeht und dabei auch mal auf mich stößt.» Ich stand auf und war dicht vor ihr. «Und jetzt will ich Sie was fragen, Mechthild.»

«Ja?»

«Wollen wir zusammen Mittag essen?»

Langsam verzog sich ihr Gesicht, bis sie richtig lachte.

«Sie sind genau wie Ihr Freund Daniel!»

Es war eine Woche später, als ich an Mechthild die gleiche Frage stellte. Agnes war die letzte gewesen und gegangen. Wir wollten aus dem Sprechzimmer, als das Telefon uns nachschrillte. Daniel.

«Mahlzeit, Herr Polizeipräsident», sagte ich. «Gute Nachrichten. Bedeutend besser. Habe ihr heute die letzte Spritze gegeben. Ab morgen nimmt sie Digitalistropfen, zweimal drei.»

«Nennst du das gute Nachrichten?»

«Na, hör mal», antwortete ich entrüstet. «Soll ich ihr ein neues Herz -»

«Ich habe gegraben, Michel», sagte er. Es klang nicht witzig. «In der Friedhofserde gegraben nach alten Damen. Die Gerichtsmedizin hat sich mit ihnen beschäftigt - außer mit Dorothea. Da war es nicht nötig. Alma hatte ihre Lungenentzündung, sonst nichts. Auch Bertha hatte nichts. Der Schreck läßt sich nicht mehr finden, wenn deine

schöne Geschichte aus der Zeitung stimmt. Aber Jenny, der Zwilling
- die hatte was in ihrem Herzmuskel - Digitalis. Sehr viel Digitalis.
Zu viel. Und ab morgen nimmt ihr Schwesterchen dasselbe, wie ich
höre.»

Mir blieb der Atem weg.

«Jetzt trifft mich der Schlag», sagte ich.

«Warte damit. Heute früh hat Schopenhauer angerufen - unser
verehrungswürdiger Rektor. Agnes will verreisen. Morgen in acht
Tagen. Nach England. Sie hält es hier nicht mehr aus.»

«Kann ich ihr nachfühlen. Dann wird sie ja kaum mein Digitalis
auf einmal austrinken.»

«Kaum, wenn du's ihr nicht verordnet hast. Aber was anderes. Der
gute Wiebach hat Sorgen. Er meint, irgendwas passiert noch, bevor
sie weg ist. Und das in der letzten Nacht. Warum gerade dann, weiß
ich nicht. Aber es war ihm nicht auszureden. Jetzt werde ich sie um-
schweben wie ein Schutzengel und mich in der letzten Nacht in ihr
Schloß in der Kreuzallee hocken, damit es später nicht heißt, die Polizei hätte nicht aufgepaßt. Man will schließlich auch mal befördert
werden. Wie ist es mit dir - hast du nicht Lust, mitzukommen? Der
Arzt im Haus erspart den Totengräber.»

«Nicht immer», sagte ich. «Aber wenn du meinst, es nützt was -
bitte sehr. War lange nicht bei vornehmen Leuten.»

«Und bei so reichen. Außerdem ist der nächste Tag ein Sonntag.
Da kannst du pennen.»

«Richtig. Sag mal, abgesehen von Rektors Ängsten - glaubst du
denn, der Mörder ist so nett und läßt sich am letzten Tag hier erwi-
schen? Er kann ja auch nach England reisen.»

«Frauen und Mörder machen die komischsten Sachen», sagte Daniel und hängte ein.

Dieser Sonnabend kam schnell, aber er ging langsam vorbei. Vom
Aufstehen an bemühte ich mich, so zu tun, als wäre es irgendein Tag
von vielen.

Ich machte den Tee etwas stärker und las das Horoskop noch vor
der Schlagzeile.

‹Mut! Ihr Eingreifen löst manches Problem! Fast alles gelingt Ihnen
- ausgenommen in Herzenssachen. Ehewünsche müssen Sie zurückstellen.›

«Mach ich», murmelte ich vor mich hin und goß den Rest des heißen Wassers in die Teetasse, um den Aufwasch zu erleichtern.

Während der Sprechstunde war ich nicht ganz bei der Sache.
Mechthild merkte es. Ich hatte ihr nichts erzählt von dem geplanten

Einsatz. Mädchen haben eine Witterung wie Rehe vor der Treibjagd.
«Hab ich was falsch gemacht?»
«Was?»
«Sie hören gar nicht zu. Ob ich was falsch gemacht habe.»
«Wieso?»
«Sie gucken so böse.»
«Hat nichts zu bedeuten. Ich hab überlegt, was ich heute abend anziehe.»
«Eingeladen?»
«Hm. Meine Zukünftige.»
«Oh. Dann aber nicht dieses Hemd.»
«Sie sieht mich mit ihren Augen», sagte ich. «Ich kann anhaben, was ich will. Alles an mir ist schön.»
«Da muß sie sehr jung sein.»
«Teenager. Sie sind doch auch einer. Was kann man denn so einem Mädchen mitbringen?»
«Wie alt?»
Sie war die Sachlichkeit selber.
«Einundsiebzig.»
«Geniale Umschreibung für siebzehn -»
«Einundsiebzig», sagte ich. «Agnes Lansome. Unsere letzte alte Dame.»
Sie hörte auf, mit den Spritzen zu klappern. Sie sah sehr attraktiv aus in diesem Moment.
«Sie hat Sie eingeladen?»
«Sie nicht. Daniel, der große Kundschafter.»
Sie verstand nichts und blieb still stehen. Ich betrachtete sie in aller Ruhe, als sähe ich sie zum erstenmal. Verteufelt schön war sie.
«Was hat der denn -»
«Die Dame fährt morgen nach England», sagte ich. «Daniel kommt auch. Wir setzen uns in den Salon, und wenn der Mörder kommt, spielen wir Skat mit ihm.»
Mechthild antwortete nicht. Sie ging hinaus und räumte im Verbandzimmer auf. Ich machte alle Eintragungen, die noch fehlten. Als ich meinen Mantel an den Haken hängte, kam sie zurück.
«Fertig?»
«Ja. Eine Spritze hab ich kaputtgemacht. Die zwanziger. Der Kolben saß so fest -»
«Sie ruinieren mich in Grund und Boden. Hinaus mit Ihnen.»
Sie setzte ihre Pudelmütze auf die Flaumfedern.
«Jawohl, Herr Doktor. Schönes Wochenende. Wiedersehen.»
«Gute Nacht», sagte ich. «Ich geh schlafen. Muß heute abend einen frischen Eindruck machen.»

Ich wollte an ihr vorbei zur Klinke greifen. Da drehte sie sich um.
«Was ist? Zwei Spritzen kaputt?»
Sie sah mich an, als wäre ich ihr Kind.
«Wenn - das heute abend vorbei ist - rufen Sie mich an?»
«Warum?»
«Ich will's nur wissen.»
«Warum?»
Sie sagte nichts. Ich nahm langsam die Hände nach oben und faßte sie an den Ohren. Vier Finger hinten, Daumen auf dem Ohrläppchen. Dann machte ich mich etwas kleiner. Ihre Lippen waren straff und weich zu gleicher Zeit. Ich richtete mich schnell wieder auf.
«Neunundachtzig neunundsechzig zwoundsiebzig», sagte sie.
Ich wußte die Nummer sowieso auswendig.

Es war neun Uhr am Abend.
Das Haus Kreuzallee 11 hob sich gegen die letzte schwache Helligkeit des Himmels ab, als ich hielt und ausstieg. Ich stand hinter einem anderen Wagen in der Nähe einer Laterne. Ich schloß ab, klemmte meine Mappe unter den Arm und wanderte langsam auf das Portal zu.
Zu beiden Seiten lief ein schmiedeeiserner Zaun, der sich zu dem Tor emporschwang. Die Häuser standen hier alle weit auseinander, und viel Platz war darum herum. Der Weg teilte die Rasenfläche. Einzelne niedrige Büsche schüttelten sich leise im matten Wind, der aufgekommen war.
Das Haus wirkte wie die Kulisse eines englischen Kriminalfilms. Erkertürmchen und glimmende Fenster. Das Tor war nicht verschlossen. Langsam ging ich über den Weg auf die schweigende Burg aus Stein zu. Es war, als müßte sich gleich die schwere Tür öffnen und Sherlock Holmes herauskommen, mit Shagpfeife und karierter Mütze, oder ein Chefinspektor von Scotland Yard mit hartem Hut. Die richtige Umgebung für unser Vorhaben.
Als ich den massiven Glockengriff in Bewegung gesetzt hatte, kam nach einer Weile Daniel und öffnete. Das Licht fiel von hinten über seine Gestalt und warf seinen Schatten gegen mich.
«Du bist hier schon wie zu Hause, was?»
«Komm rein. Es gibt Scotch.»
«Was anderes paßt hier auch nicht her», sagte ich. Er drückte die Tür hinter mir zu.
Auch die Eingangshalle sah aus, als träte gleich Seine Lordschaft näher, mit Backenbart und Hosenbandorden. Die Apotheke in England schien allerhand eingebracht zu haben. Und nun auch noch der Lottogewinn. Agnes brauchte bloß zu annoncieren, und sie hatte wie-

der einen Mann.

Wir stiegen über einen lautlosen Läufer die gebogene Treppe hinauf. Kerzenförmige Lampen an der Wand gaben gerade so viel Licht, daß man die nächste Stufe sah. Oben war ein plattformartiger Vorbau, auf den auch die Treppe von der anderen Seite mündete. Daniel schwenkte einen gewaltigen Türflügel zurück. Im Hintergrund des großen Raumes sah ich das gemütlichste Kaminfeuer meines Lebens. Die Whiskyflasche auf dem flachen Rauchtisch flimmerte golden vor den Flammen. An der linken Seite saß Agnes und wandte uns ihr Gesicht zu.

«Ach, Doktor Klein! Nein, daß Sie sich auch die Mühe machen! So ein Aufwand wegen einer alten Frau!»

Daniel antwortete an meiner Stelle.

«Wir holen nur nach, was wir versäumt haben, gnädige Frau. Zu Hause hätte er auch Whisky getrunken um diese Zeit.»

«Guten Abend», sagte ich und gab ihr einen halb gelungenen Handkuß. «Glauben Sie ihm nicht. Ich weiß gar nicht, was Whisky ist.»

«Schlimm genug», antwortete Agnes. «Nehmen Sie hier Platz, Doktor.»

Sie setzte mich neben sich, daß ich genau ins Feuer sah. Daniel bekam den Sessel rechts von mir.

Gekonnt, aber gravitätisch schenkte sie uns den ersten ein. Wir erhoben die Gläser gegen sie.

«So verliert man seine besten Patientinnen», sagte ich, als wir abgesetzt hatten. «Bleiben Sie lange weg, Frau Lansome?»

«Ich weiß nicht», sagte sie leise. «Ich weiß auch nicht, ob ich mich wieder an England gewöhne. Vielleicht bin ich ganz plötzlich wieder hier. Aber jetzt - jetzt muß ich fort. Alles, was hier passiert ist - niemand lebt mehr - und diese Unruhe - nein, ich muß fort. Drüben habe ich Frieden. Sie verstehen das doch?»

Wir nickten gleichzeitig.

«Ich habe drüben ein Haus in Sussex - mein Mann hat es damals gekauft -»

«Wer kümmert sich um das hier?» fragte Daniel.

«Doktor Krompecher. Er will alles regeln, vielleicht sogar einen Mieter herbeischaffen - ich weiß noch nicht. Ich will erst mal fort.»

Sie sah müde aus und älter als sonst. Machte es die Kaminbeleuchtung oder die Furcht vor dem unbekannten Tod?

«Gehen Sie nur drüben gleich wieder in Behandlung», sagte ich. «Sussex wird dem Herzen guttun. Aber ein Spezialist ist noch besser. Ach, da fällt mir was ein.»

Ich beugte mich herunter zu meiner Mappe.

«Ihre Tropfen. Ich habe sie noch mal mitgebracht. Damit Sie genug haben während der Reise.»

Sie war ganz gerührt.

«Wie nett von Ihnen! Was muß ich zahlen?»

«Nichts», sagte ich. Es war ein Ärztemuster, das mich nichts gekostet hatte. Genau die Tropfen, die sie brauchte. «Es ist für die Blumen, die ich nicht mitgebracht habe.»

«Dafür kriegen Sie gleich noch einen Whisky», sagte sie.

Ich machte keine Abwehrbewegung.

Daniel trank, hielt sein Glas in der Hand und sah sie an.

«Übrigens, Frau Lansome - ich werde mir erlauben, einen Bericht an Ihre örtliche Polizei zu geben. Damit die wissen, was los ist, und sich dahinterklemmen können, wenn irgendwas faul sein sollte.»

Sie sah so erschrocken aus, daß sie mir leid tat.

«Sie glauben doch nicht -»

«Nein, ich glaube es nicht», sagte Daniel ruhig. «Ich bin sogar froh über Ihren Entschluß. Aber an Ihnen hängt jetzt das ganze Vermögen. Wenn jemand soweit gegangen ist, gibt er ungern auf.»

«Er hat recht», sagte ich. «Vorsicht kann nicht schaden. Und auf die englische Polizei ist Verlaß.»

«Sie trinkt mehr Whisky», setzte Daniel dazu.

Agnes lachte ein bißchen.

«Ach, meine Herren. Daß mir doch das noch passieren muß auf meine alten Tage! Alles war so schön und in Ordnung. Und jetzt - Alma und Bertha - Jenny - und - und Dorothea - alle sind sie -»

Der Übergang von ihrem Lachen zu Tränen kam so schnell, daß wir noch lachten, als sie schon weinte.

«Das elende Geld», schluchzte sie.

Wir saßen ziemlich ratlos da. Ein Mädchen kann man trösten, wenn es weint. Aber eine alte Frau? Wir blieben sitzen und fingerten an den Krawatten herum. Mir fiel nichts Besseres ein, als ihr mein Taschentuch zu geben. Sie nahm es und tupfte in ihrem alten Gesicht. Plötzlich waren ihre Tränen weg. Sie richtete sich auf.

«Kommissar Nogees! Versprechen Sie mir, daß Sie den Mörder finden! Versprechen Sie es mir! Ich könnte nicht mehr ruhig schlafen, wenn ich wüßte, daß er ohne Strafe davonkommen soll!»

Ich drehte meinen Kopf langsam zu Daniel hin. Das war so, als hätte ich ihr ein Alter von achtzig Jahren garantieren sollen.

Daniel sah sie an. Dann mich, mit harten Augen.

«Ich finde ihn schon», sagte er. «Ich oder ein anderer von uns. Dieses Geld gibt er nicht aus.»

Wir rappelten uns aus den Sesseln hoch, als Agnes plötzlich aufstand.

«Ich danke Ihnen, Herr Nogees. Auch Ihnen, Doktor Klein. Sie haben so viel für mich getan, alle beide. Ohne Sie wäre ich vielleicht auch schon - Sie sind mir nicht böse, wenn ich jetzt schlafen gehe. Morgen früh muß ich fahren. Sie wissen, wo alles ist, Herr Nogees - bitte, nehmen Sie sich, was Sie brauchen.»

«Das machen wir», sagte Daniel. «Ich hätte nur gern gesehen, wo Ihr Schlafzimmer ist.»

«Aber natürlich. Kommen Sie bitte mit.»

Sie gab mir die Hand, bevor sie ging.

«Gute Nacht, Doktor. Hoffentlich wird Ihnen die Zeit nicht zu lang.»

Ich hatte das Gefühl, daß die Zeit nicht zu lang werden würde.

«Gute Nacht, gnädige Frau. Schlafen Sie gut.»

Vor Daniel her trippelte sie durch den Raum. Ich verfolgte ihre Gestalt mit den Augen, bis sie durch eine Tür an der linken Seite verschwunden war. Der Widerschein des Kaminfeuers flackerte hinter ihr her wie hinter der Ahnfrau eines Schlosses, die am Ende der Geisterstunde unsichtbar wird.

Langsam setzte ich mich wieder. Ich hörte die schwachen Laute ihrer Schritte, die sich auf einer anderen Treppe nach oben entfernten. Dann waren sie über mir, weit weg, als lägen viele Stockwerke dazwischen. Ein Gedanke stieg in mir auf wie eine Flammenzunge auf dem Rost des Kamins. Ich wollte ihn verscheuchen, nicht zu Ende denken, aber er blieb.

Warum war Daniel hinaufgegangen mit ihr? Allein und ohne jeden Zeugen? Wenn er der Mörder war, dieser verschwundene Neffe oder sonst jemand, war das jetzt seine Gelegenheit zur letzten Tat?

Ich bemühte mich krampfhaft, irgendein Geräusch von oben zu hören. Nichts regte sich. Sollte ich hinterhergehen?

Es war jetzt so still geworden, daß ich zusammenfuhr, als ein schmelzendes Eisstückchen in meinem Glas mit leisem Klirren umfiel. Ich richtete mich auf und nahm einen großen Schluck. Ich schämte und ärgerte mich zugleich. War es schon so weit mit dieser verfluchten Geschichte, daß keiner dem anderen mehr traute?

Als ich wieder Schritte hörte, atmete ich auf. Aber sie kamen von der anderen Seite, von rechts. Ich erkannte die Umrisse einer Tür an der dunklen Wand. Die Klinke ging herunter. Die Tür öffnete sich, und Daniel kam herein.

Wer hätte sonst kommen sollen?

«Alles klar?» fragte ich.

Er setzte sich hin und nahm eine Zigarette.

«Ja. Auf beiden Seiten ist eine ähnliche Treppe wie unten. Ein Quergang verbindet sie. Da gehen 'n paar Räume ab, auch ihr Schlafzimmer.»

«Eingänge?»

«Nur einer. Der vom Flur aus. Und eine Tür zum Bad. Das liegt daneben.»

«Und wie kommt man –»

«Wenn einer rauf will, muß er hier durch», antwortete Daniel. «Rechts oder links. 'ne andere Möglichkeit gibt es nicht. Es sei denn, es sind Geheimgänge da, wie bei den alten Rittern.»

«Hast du dir die anderen Zimmer angesehen?»

«Hab ich. Nichts drin, was mich stören könnte. War auch im Schlafzimmer. Habe die Fensterläden verrammelt und mich umgesehen. Alles harmlos und honett.»

«So. Kann sie sich bemerkbar machen?»

«Sie hat ein Telefon am Bett. Damit kann sie runterrufen – da drüben in der Nische steht noch ein Apparat.»

Ich machte mir nicht die Mühe, mich umzudrehen.

«Telefon am Bett?»

«Ja. Was ist damit?»

«Ich dachte an Bertha von Scherff.»

Er blies einen zarten Rauchring in die Luft.

«Habe ich auch dran gedacht. Das Ding ist umgestellt. Gespräche von außen landen hier. Hab ihr gesagt, sie soll gar nicht rangehen.»

«An alles gedacht», sagte ich und trank mein Glas aus. «Brauchen wir uns nur noch um den Whisky zu kümmern. Die Flasche macht's aber nicht mehr lange.»

Daniel stand auf.

«Ich hol eine neue. Sie hat mir gezeigt, wo der Whisky ist. Willst du ein Bier?»

Ich sagte ja.

«Gut. Bei der Gelegenheit werde ich mich unten noch mal umsehen. Bleib du hier und paß auf, daß kein Gespenst auftritt.»

Er ging zur hinteren Tür hinaus. Ich stocherte im Kaminfeuer herum, nahm dann eine Zigarette vom Tisch und rekelte mich tief in meinen Sessel. Eigentlich war die Angelegenheit ganz gemütlich und amüsant. Wenn nicht der blutige Ernst dahintergesessen hätte mit dem vierfachen Tod. Ich dachte an Mechthild und den Kuß, den ich ihr gegeben hatte, und mir wurde wärmer im Herzen. Vielleicht war sie wach und starrte das Telefon an. Sie hatte Sorgen um mich. Das liebe Kind.

Ich schrak hoch vom unerwarteten Klang des Türschlosses. Daniel stand in der Tür. Der Läufer auf der Treppe hatte seine Schritte verschluckt wie Watte.

«Du schleichst selber schon wie der Hausgeist», sagte ich entrüstet. «Kannst du nicht klopfen? Man wird ja ganz nervös.»

«Entschuldige, wenn ich dich geweckt habe. Hier - Bier.»

Ich fand einen Öffner und ließ die Gläser vollaufen, die bereitstanden.

«Sie hat sogar ein paar Brote gemacht», sagte er. «Wenn du Hunger hast, sag es.»

«Feines Hotel.» Ich mußte unvermittelt lachen. Ich wollte aufhören, aber es ging nicht. Daniel sah mich stirnrunzelnd an.

«Entschuldige - mir war auf einmal so komisch zumute. Sherlock Holmes und Doktor Watson. Der selige Conan Doyle hätte seine Freude daran. Hast du was gefunden?»

«Nee. Genausowenig wie oben. Still wie ein Friedhof der ganze Laden.»

«Hör auf von Friedhof», sagte ich leise, als könnte die alte Dame es hören. «Trink lieber -»

Diesmal fuhren wir beide zusammen.

Wir hatten die Gläser in der Hand, aber wir kamen nicht bis an den Schaum.

Ein Klingelton zuckte durch das Haus. Von unten her, wie ein Schlag vom Keller zum Dach. Kurz, dringlich und hart.

Wir saßen wie erstarrt, als wäre eine Bombe explodiert. Jeder dachte das gleiche: Es geht los.

«Telefon?» flüsterte ich.

«Nein, Haustür.»

«Reinlassen?»

Daniel setzte lautlos sein Glas auf den Tisch zurück. Ich wollte es auch tun, aber dann tat mir die Blume leid, und ich nahm einen kräftigen Schluck.

Die Klingel schrillte zum zweitenmal.

Ich sah in Daniels Gesicht.

«Muß wissen, wer das ist», sagte er leise. «Ich geh runter. Bleib du oben an der Tür. Wenn was passiert, schließ sie ab und ruf die Funkstreife.»

Er kam aus seinem Sessel. Ich folgte ihm.

«Daniel», sagte ich, «soll ich nicht lieber -»

«Mach, was ich dir sage», knurrte er. «Heldspielen nützt uns nichts.»

Ich hielt die Tür einen Spalt auf und sah ihm nach. Er ging langsam die Stufen hinunter, eine Hand in der Tasche. Dann war er an der Tür. Ich sah, wie er an einem Schalter drehte. Er zog den Riegel zurück. Meine Pulszahl stieg an.

Daniel trat hinter den rechten Türflügel. Mit der linken Hand drückte er die Klinke. Knarrend ging die Tür auf.

Über das dunkle Rechteck fiel das Licht der Außenbeleuchtung. Eine Gestalt stand darunter. Klein, dunkel, mit einem mächtigen Hut, den sie lüftete in weitausholendem Bogen.

Ich sah den Denkerschädel und das fahle Weiß des Haarkranzes.

«Guten Abend! Ist es erlaubt einzutreten?»

Der Rektor.

Daniel schob sich vor die Türöffnung und nahm die Hand aus der Tasche.

«Ihnen ist es erlaubt, Herr Oberstudiendirektor. Bitte sehr.»

«Ah, der Herr Kommissar! Ich dachte es mir. Sind Sie meinem Rate doch gefolgt! Sehr lobenswert!»

Ich schloß schnell die Tür und verließ meinen Posten, um den Anschein zu erwecken, als hätte ich die ganze Zeit uninteressiert am Kamin gesessen.

Der Rektor trat durch die Tür. Ich blinzelte in seine Richtung und erhob mich.

«Sieh da, unser Herr Doktor! Tres faciunt collegium! Sehr erfreut!»

Ja. Drei machen einen Verein.

Er schüttelte mir fröhlich die Hand. Seine Faunaugen funkelten, und keine Spur von Überraschung war darin.

«Guten Abend, Herr Professor», sagte ich. «Fein, daß Sie uns Gesellschaft leisten wollen.»

Daniel wies auf den Sessel in der Mitte, in dem Agnes gesessen hatte.

«Wie ist es mit Whisky? Frau Lansome hat mir Vollmacht erteilt.»

Er rieb die Handflächen aneinander.

«Nun, eigentlich sollte ich keinen trinken um diese Stunde – aber in so einem Falle kann ich mir wohl eine Ausnahme gestatten. Bitte sehr.»

Während Daniel noch ein Glas holte, warf ich ein paar Scheite in das Kaminfeuer, um es am Leben zu halten. Der große Raum war kühl, trotz der Juninacht ringsum, als würde dieses Haus niemals richtig warm. Wir erhoben die Gläser. Beim Trinken beschloß ich, mich über nichts mehr zu wundern, was auch passieren sollte. Später wunderte ich mich über alle Maßen.

«Vortrefflich», sagte der Rektor und setzte sein Glas nieder. «Tja, meine Herren – auch ich hielt es für meine Pflicht, in dieser Nacht noch einmal nach dem Hause zu sehen, Frau Lansome – wie geht es ihr?»

«Sie ist vor einer Stunde schlafen gegangen», antwortete ich. «Sie war müde und hat morgen die Reise vor sich.»

«Verständlich, verständlich! Sie ist die Jüngste nicht. Aber mit dem Aeroplan - da ist es wohl zu ertragen.»

Aeroplan. Auch so ein Wort von 1910. Er war kaum da, und schon fehlten fünfzig Jahre.

«Sind Sie mit ihrer Gesundheit zufrieden, Herr Doktor?»

«Leidlich», erwiderte ich. «Die Aufregung war ein bißchen viel für das Herz. Aber jetzt geht es.»

«Das zu hören freut mich. Und, Herr Kommissar - haben sich neue Gesichtspunkte ergeben - wenn es nicht vermessen ist, diese Frage zu stellen?»

«Leider noch nicht.» Daniel sah aus wie ein Schüler beim Abitur. «Wir verfolgen alle Spuren weiter - auch wenn Frau Lansome fort ist.»

«Das ist recht. Was man nicht aufgibt, hat man nicht verloren. So sagt Schiller. Trinken wir auf eine baldige Lösung dieses Falles.»

Wir taten es.

«Vielen Dank», sagte Daniel. «Hoffen wir das Beste. Aber eine Weile wird's wohl noch dauern.»

Der Rektor wandte den Kopf zu ihm. Eine Veränderung war vorgegangen in seinen Zügen. Das Wohlwollen war fort. Die Augen glänzten kalt und silbern, und der flackernde Schein im Kamin zauberte seltsame böse Schatten in das Gnomengesicht.

«Gestatten Sie, daß ich da anderer Ansicht bin», sagte er mit einer neuen, ungewohnten Stimme. «Ich glaube nicht, daß es noch lange dauert. Wir werden die Lösung heute finden - in diesem Haus und in dieser Nacht.»

Sein Kopf blieb im Kreuz unserer Augen, viele Sekunden. Dann wollte Daniel lächeln, aber es gelang nicht. Er räusperte sich mit trokkenem Hals.

«Ich verstehe Sie nicht ganz, Herr Professor. Heute nacht?»

Der alte Mann nickte. Ich beugte mich über den Tisch.

«Sie meinen - der Mörder kommt hierher - heute noch, vor der Abreise?»

Langsam drehte der Rektor sein Gesicht. Seine Haare flatterten leise, als er den Kopf schüttelte.

«Er kommt nicht mehr.» Seine Worte zerschnitten die Stille. «Er ist schon hier. Hier im Haus.»

Ein paar kalte Finger strichen ganz leicht an meiner Wirbelsäule herunter, und alle bösen Geister standen wieder auf in meinem Bewußtsein.

Daniel? Der Rektor? Wer noch? Ich?

Auf einmal war es nicht mehr gemütlich im Zimmer. Die Flammen loderten drohender, und die finsteren Wände waren näher gerückt und ihr Geheimnis mit ihnen.

In meinem Mund schmeckte es nach Whisky. Ich hatte das Glas erfaßt und einen Schluck genommen. Daniel hatte sich nicht bewegt. Sein Gesicht war hart und kantig geworden, als hätte eisiger Wind es gestreift.

«Ich weiß nicht, was Sie sagen wollen, Herr Professor», sagte er mit trägen Lippen. «Das müssen Sie schon genauer erklären.»

«Das werde ich, mein Freund», antwortete der Rektor. Er saß jetzt ganz aufrecht. Seine Stimme war klar, jedes Wort war eindeutig, von weit hergeholt wie die Geschichte, die er vor uns ausbreitete.

«1907», begann er, «da war ich fünfundzwanzig Jahre alt. Ihnen wird diese Jahreszahl nichts mehr bedeuten. Es war das Jahr, in dem sich Kaiser Wilhelm mit dem Zaren in Swinemünde getroffen hatte. Der Fall des Rechtsanwalts Hau bewegte noch die Gemüter. Für mich aber war es ein wichtiges Jahr. Ich hatte mein Studium beendet und mein Staatsexamen bestanden. Noch als Doktorand trat ich meine erste Stellung als Studienreferendar an.»

Er blickte durch die Flammen in die dunkle Höhlung des Kamins, als sähe er sich dort selbst, jung und voller Hoffnungen.

«Ich kam an das Augusta-Lyzeum. Ich sollte einer der unteren Klassen zugeteilt werden, aber die Krankheit eines Kollegen brachte es mit sich, daß ich in die Oberprima geriet, mit Deutsch als Unterrichtsfach. Es war schwierig, in meinem Alter als Lehrer mit neunzehnjährigen Mädchen umzugehen, und es war noch schwieriger, weil sich meine eigene Schwester in dieser Klasse befand. Aber wie gesagt, es war ein Ausnahmezustand und nur vorübergehend.

Ich lernte in dieser Klasse drei Freundinnen meiner Schwester kennen. Auch Sie haben sie kennengelernt, Doktor Klein - zweiundfünfzig Jahre später.

Ich war nun einmal dorthin geraten und wollte meine Sache so gut wie möglich machen. Ich wollte gerecht sein und unparteiisch, meiner Schwester wegen, und ich wollte soviel wie möglich an Wissen vermitteln, denn die Mädchen standen vor dem Abitur. So nahm ich mich nach Überwindung der ersten Hemmungen dieser Klasse besonders an. Die Freundinnen meiner Schwester kamen zudem mehrfach in unser Haus, so daß ich mit ihnen noch engeren Kontakt bekam. Ich lernte noch eine vierte kennen, die früher auf dem Lyzeum gewesen war und mit den anderen in Verbindung stand - Sie wissen, wer es war.»

«Dorothea Lindemann», antwortete ich.

«So ist es. Bald kannte ich jede einzelne sehr genau, ihre Fähigkeiten, ihre Schwächen und ihren Charakter, soweit man ihn zu erkennen vermag.

Eins von den vier Mädchen war Klassenerste. Aber was sie an Begabung voraushatte, ließ sie an Wärme des Herzens, an Güte, Takt und Hilfsbereitschaft vermissen. Sie war habgierig, neidisch, egoistisch. Mit der Zeit hörte ich das Urteil ihrer früheren Lehrer und sah ihre Beurteilungen. Sie war immer so gewesen. Schlecht von Grund auf.»

Er wandte den Kopf ruckartig hin und her, streifte jeden von uns mit einem bohrenden Blick.

«Sie ist immer so geblieben. Zweiundfünfzig Jahre lang, bis heute. Ich habe keins der Mädchen aus den Augen verloren, denn sie hielten die Verbindung mit meiner Schwester aufrecht. Sie hat sich nicht geändert. Und dabei war sie eine vollendete Heuchlerin.»

Sein Gesicht war eine Maske des Grimms, mit starren, kalten Augen. Mit jeder Sekunde spürte ich mein Herz mehr in den Halsschlagadern.

«Als dieses Geld gewonnen wurde und meine Schwester mir von den Bestimmungen erzählte, ahnte ich das Unheil. Meine Ahnung hat mich nicht betrogen. Diese Morde, meine Herren, sind von einer Frau begangen worden. Von einer Frau, deren einziger Wunsch auf Geld gerichtet war, ihr Leben lang, immer nur auf Geld. Die alles hatte und nicht genug. Der Glück und Leben anderer nichts bedeuteten und sie mit Neid erfüllten. Von einer Frau, die ihren Plan über alle Hindernisse mit eiskalter Berechnung und grausamer Verschlagenheit verfolgte, bis ans Ziel. Eine Frau, wie ich sie nicht mehr kennengelernt habe in meinem langen Leben. Eine Frau wie Agnes Lansome!»

In der Zeit, in der ich, ohne zu atmen, sitzen blieb, hätte ich den Taucherweltrekord brechen können. Erst als mir das Blut in den Schläfen dröhnte, zog ich eine endlose Menge Luft zwischen den Lippen ein. Sie schmeckte modrig und nach Gruft. Wie über den Atlantischen Ozean hinweg kam Daniels Stimme von der anderen Seite:

«Wie hat sie es getan?»

«Wie?» fragte der Rektor mit klingendem Ton. «Was ich davon weiß, ist der Hintergrund. Aber ich habe auch über das Wie nachgedacht. Sie wollte das Geld für sich allein, aber im Anfang sah sie keinen Weg. Vier Menschen waren viel. Da starb meine Schwester. Ein Fingerzeig der Hölle für sie. Ihre eigene Schwester war krank, seit längerer Zeit, ein Licht, das schon flackerte. Sie haben drei Frauen in ihrer Ruhe gestört, Kommissar Nogees. Bei meiner Schwester war es die Lungenentzündung, sonst nichts. Was war es bei Jenny Herwig?»

«Digitalis», sagte jemand. Ich.

Das böse, böse Geld ...

... was wurde nicht schon alles angestellt seinetwegen, wie viele Leichen sollen auf sein Konto gehen, wieviel Tränen flossen, wie oft wurde gelogen, gestohlen, geheuchelt wegen des Geldes, wie viele Ehen wurden kalt, nur weil die Kohlen nicht stimmten – pfui Mammon! Man sollte das Geld abschaffen.

Aber andererseits: Das liebe, liebe Geld, was verdanken wir ihm nicht alles. Wie viele alte Erbtanten werden rührend geliebt und verwöhnt, wieviel böse Worte bleiben ungesagt aus Ehrfurcht vor den Finanzen, wieviel Streit konnte schon mit Zaster statt mit Pulver aus der Welt geschafft werden, und das Bier ist auch nur gegen Geld zu haben – potz Mammon! Man sollte es wohl doch nicht abschaffen. Nur eines sollte man: mehr davon haben. Was bliebe einem alles erspart, hätte man nur rechtzeitig gespart!

Pfandbrief und Kommunalobligation

Meistgekaufte deutsche Wertpapiere - hoher Zinsertrag - bei allen Banken und Sparkassen

Verbriefte  Sicherheit

«Was war bei Frau von Scherff?»
Ich sah Daniel an. Er antwortete sofort.
«Wir wissen, was es bei ihr gewesen sein kann. Jemand rief sie in der Nacht an. Er schoß in seinen Telefonhörer - mit einer Platzpatrone. Sie starb an dem Schreck.»
«Es paßt zu ihr», sagte der Rektor. «Einfach, ohne Risiko. Hätte es nichts genützt, hätte sie einen anderen Weg gefunden.»
Daniels Augen bohrten sich in den Tisch. Er nickte langsam. Dann hob er den Kopf.
«Eine Woche vor dir war sie bei Krompecher gewesen», sagte er. «Sie kann die Geschichte in der Zeitung gelesen haben, genau wie du. Oder schon früher.»
Ich dachte an Krompechers steriles Wartezimmer und an das Gefühl, das ich gehabt hatte, als ich die Kurzgeschichte las. Der Mörder hatte dort gesessen, wie ich.
«Nun fehlte noch Dorothea Lindemann», fuhr der Rektor fort. «Mit ihr war es schwieriger. Sie war gesund, rüstig. Agnes konnte warten, aber nicht zu lange. Sie wußte, bei Dorothea würde kein Digitalis helfen und kein Schuß ins Telefon. Hier mußte anderes getan werden.»
Er wartete. Keiner von uns sprach.
«Agnes ging an Dorotheas Geburtstag hin zu ihr. Gegen Mittag, wie sie sagte. Hin und wieder pflegte sie die Wahrheit zu sagen. Und seit vier Monaten weiß ich fast immer, wann sie das Haus verläßt. Sie erinnern sich an mein Fernrohr, Doktor? Von meinem Fenster aus kann ich dieses Haus sehen. Seine Tür und wann sie jemand passiert.»
Ich blieb still. Jeder Mörder würde Pech haben mit diesem Mann auf der Spur.
«Sie ging hinauf zu Dorotheas Wohnung. Sie konnte ruhig riskieren, gesehen zu werden. Dorothea ließ sie ein. Sie mußte sich beeilen und entschloß sich schnell. Sie betäubte sie durch einen Schlag auf die Schläfe. Dann stieß sie ihr die Nadel ins Gehirn. Alles kann in einer oder zwei Minuten geschehen sein. Sie ging hinaus, schloß die Tür - vielleicht hat sie sogar noch ein paarmal geklingelt, laut und endlos. Dann ging sie hinunter, fragte bei der alten Frau, ob oben niemand zu Hause wäre. Ich sah sie wiederkommen, meine Herren. Mit ihrem Blumenstrauß.»
Oben lag sie und schlief. Sechs Meter über uns.
«Um halb drei kamen Sie, Doktor, und fanden die Tote. Zu dieser Zeit verließ ich meine Wohnung. Zehn Minuten nach drei war ich da. Und dann kam Agnes zum zweitenmal. Mit ihrem Blumenstrauß.»
Mein Hals war trocken wie ein leerer Brunnenschacht. Ich nahm

einen Schluck Whisky. Er schmeckte mir nicht.

«Ich erinnere mich», sagte ich. «Ich erinnere mich an Dorotheas Worte, als sie bei mir war. Mit der Mandelentzündung. Sie sagte, Agnes würde gegen vier kommen. Aber sie hätte sich nicht genau festgelegt.»

Daniel bewegte sich. Jetzt hatte er wieder etwas von einem Jagdhund an sich, der eine alte Spur wittert zwischen vielen fremden.

«Einfache Sache. Kein Mensch konnte merken, daß sie doch in der Wohnung war. Sie trug Handschuhe. Hat keinen Abdruck hinterlassen. Und das Glück gehabt, daß niemand sie gesehen hat.»

Der Rektor wandte ihm seinen Blick zu. Seine Augen glitzerten diabolisch.

«Es hat sie jemand gesehen, mein Freund. Der Wellensittich im Schlafzimmer. Doktor - wissen Sie noch, was er gerufen hat?»

Ich dachte nach. Der helle, hohe Schrei fiel mir ein.

«Minchen - irgend so was mit i.»

«Ja. Etwas mit i. Er rief es noch einmal, als wir das Zimmer verließen. Agnes war die Klassenerste gewesen. Wissen Sie, wie die anderen sie nannten? Primchen. Das Klassenprimchen. Die Mädchen redeten sie selten mit ihrem Vornamen an. Immer nur mit Primchen. Der Wellensittich hatte es oft genug gehört. Immer hatten sie alle gelacht, wenn sie dort waren und er es rief.»

Ganz deutlich erinnerte ich mich jetzt an alles, was der Rektor getan hatte. Sein Benehmen bei meinem Besuch in seiner Wohnung. Sein Benehmen bei der toten Dorothea. Seine Rücksichtslosigkeit gegen Agnes. Alles hing zusammen.

«Sie hatten den Verdacht schon früh?» fragte ich. «Sie gingen zu Doktor Leopold, um sich nochmals zu vergewissern, ob Ihre Schwester nicht auch umgebracht worden wäre?»

Das Lächeln zerschnitt sein Gesicht in tausend Falten.

«Sie sagen es. Ich wußte von Anfang an, daß Sie nicht wegen des Klavierunterrichtes zu mir gekommen waren. Agnes hatte mir längst erzählt, daß Sie bei Jenny den Tod festgestellt hatten. Und bei Berthas Beerdigung erfuhr ich, daß Fräulein Mechthild Ihre Sprechstundenhilfe ist und daß sie Sie zu ihrer toten Tante geholt hatte. Und schließlich erzählte mir mein treuer Schüler Leopold von Ihrem Besuch bei ihm. Jetzt war ich sicher, daß Sie den gleichen Verdacht hatten und ich auf dem richtigen Wege war. Almas Tod war nicht gewaltsam, aber steigerte mein Mißtrauen gegen Agnes. Als Jenny starb, gab es keinen Zweifel mehr.»

«Ich war nicht aufrichtig zu Ihnen», sagte ich.

«Das macht nichts, mein Freund, das macht nichts. Die Sache war viel zu verschwommen, als daß man aufrichtig hätte sein können.

Aber ich war froh, einen geheimen Bundesgenossen zu haben, der in gleicher Richtung dachte wie ich. Leider hat es den armen Frauen nicht geholfen.»

«Daran bin ich mitschuldig», sagte Daniel rauh. «Er hat mir von seinem Verdacht erzählt, als Frau von Scherff gestorben war. Ich habe nichts davon gehalten. Aber ich hätte auch niemals an - an Frau Lansome gedacht.» Er sah mit geradem Blick dem Rektor ins Gesicht. «Wissen Sie, was ein gerissener Verteidiger daraus macht? So einer wie Krompecher? Es sind noch mehr Erben da, Herr Professor. Sie. Ihr Neffe. Und andere.»

Die Stimme des alten Mannes war sanft. Voller Nachsicht.

«Ich weiß, mein Lieber, ich weiß. Ich weiß aber auch, daß ich der Mörder nicht bin.»

Es klang so, daß es in alle Ewigkeit wahr bleiben würde.

«Unser Neffe ist es nicht. Das wird sich ohne Mühe beweisen lassen. Nur Agnes kann es sein. Ich irre mich nicht. Morgen will sie fort, Kommissar. Was ist folgerichtiger als das? Sie könnte hierbleiben, sie weiß, daß es außer ihr keinen Mörder gibt. Aber sie tut so, als würde sie fliehen aus Furcht. Mit fünfhunderttausend Mark. Sie kann noch zwanzig Jahre leben mit ihrem Gewissen und ihrem Geld. In England, wo niemand von der Geschichte weiß. Wollen Sie sie fahren lassen?»

«Sie wird nicht fahren.»

Daniel trank nicht mehr. Es war kein Ärger über die verkannte Fährte. Es war das Benehmen des Mannes, der nach einem verlorenen Spiel sofort weiterspielen kann, ohne vom Kellner eine Pistole zu verlangen. Das Feuer im Kamin loderte nur noch matt. Daniels Gesicht lag im Dunkel, als er aufgestanden war.

«Sie wird hierbleiben, bis alles aufgeklärt ist. Und sie kommt mit - jetzt gleich.»

«Du willst sie wecken?» fragte ich.

«Ja. Sie hat genug Zeit gehabt. Es ist nichts mehr übrig davon.»

«Meinst du, daß du einen Haftbefehl kriegst?»

«Ja. Ich bin ein verdammter Narr gewesen. Schon die Digitalisgeschichte genügt, um ihr den dringenden Tatverdacht anzuhängen. Wer konnte ihrer Schwester das Zeug besser beibringen als sie? Sie, die immer mal voll schwesterlicher Sorge nach Jenny gesehen hat? Aber manchmal läuft man rum wie mit einer Binde vor den Augen.» Er sah zum Rektor herunter wie ein Raubvogel. «Professor - sind Sie bereit, Ihre Geschichte zu wiederholen - ihr ins Gesicht?»

«Ihr ins Gesicht», sagte der kleine Mann ruhig. «Und vor jedem Gericht der Welt.»

Daniel sah ihn an, ein paar Sekunden, mit Augen wie Stahlklingen. Dann nickte er langsam ein paarmal und ging hinaus.

Seine Schritte verloren sich auf der Treppe. Kein Laut kam mehr zu uns herunter. Der Rektor saß reglos, mit dem Blick in die tanzenden Flammen.

Das Digitalis.

Das war es gewesen. In der richtigen Dosierung das beste Herzmittel, das es gab. Zuviel davon, und das Herz erstarrte in tödlichem Krampf, wie in einer würgenden Schlinge.

Plötzlich war ich im Zimmer der toten Jenny. Baldrian- und Medizingeruch. Die Balkontür, die Blumenkästen. Die düstere Blattpflanze. Und die stille Gestalt zwischen den hohen Kissen, die den Rosenkranz zwischen den Fingern hielt. Der Nachttisch -

Die Erinnerung an meinen Traum in jener Nacht überfiel mich wie ein blendendes Licht aus der Finsternis. Die Flasche mit der Digitalistinktur war leer gewesen. Vollständig leer. Gerade leer, als das Herz Jennys nicht mehr schlug. Damals hätte es Zufall sein können. Es war keiner.

Der tiefe Atemzug von Agnes, als ich sagte, Jenny wäre tot. Ihre plötzliche Hast, mich loszuwerden. Ihre Kälte hinter der geheuchelten Trauer.

Ich war der gleiche Narr gewesen wie Daniel.

Die Tür an der rechten Seite öffnete sich ohne Geräusch. Er trat ein, als hätte ich ihn gerufen.

«Sie antwortet nicht», sagte er. «Die Tür ist abgeschlossen.»

Er ging quer durch den Raum zu der Telefonnische. Wir sahen, wie er den weißen Knopf drückte, und hörten das Summen des Rufzeichens in der Totenstille.

Nichts. Niemand nahm ab in dem oberen Zimmer über uns.

Daniel legte den Hörer hin und wandte sich um.

«Wir machen die Tür auf», sagte er. «Vielleicht finde ich im Keller -»

«Ich hab mein Montiereisen draußen», sagte ich. «Das von Dorotheas Tür.»

«Hol es.»

Im Aufstehen sah ich den Rektor an. Er hatte sich nicht bewegt. Aber jetzt war wieder das Faunlächeln in seinem Gesicht, als feierte er einen geheimen Triumph mit sich allein.

Ich ging schnell über den Sandweg. Der Wind hatte den Nachthimmel leergefegt und war dann eingeschlafen. Die Sterne glimmten schwach, als wären sie auf der Flucht vor der Erde.

Die Luft tat mir gut. Mein Wagen stand unter dem fließenden Laternenlicht, wie ich ihn verlassen hatte. Ich fand das Eisen in einer Minute und kehrte um.

Im Salon war nichts verändert. Daniel stand und wartete. Der Rektor hatte sich keinen Zoll bewegt.

«Komm mit rauf», sagte Daniel.

Ich folgte ihm über die Treppe wie über die letzten Meter einer langen, langen Spur.

Die Tür war aus dunklem massivem Holz. Mit aller Macht überkam mich das Gefühl, das auftaucht, wenn man eine Situation schon mal erlebt hat.

Dorotheas Tür in dem stillen, heiteren Haus.

Als das Schloß nachgab und der Türflügel langsam vor uns zurückwich, blieben wir stehen. Daniel atmete schwer und fuhr sich mit dem Ärmel über die Stirn. Vor uns lag die Dunkelheit wie ein grundloser Teich. Er gab mir das Eisen in die Hand. Dann trat er in das Zimmer. Seine Hand tastete mit schleifendem Geräusch über die Tapete nach dem Lichtschalter. Die Deckenlampe flammte auf. Meine Pupillen zogen sich schmerzend zusammen.

Das Bett stand genau vor uns. Es war breit, aber zierlich. Agnes Lansome lag flach auf dem Rücken. Sie glich so atemberaubend ihrer Schwester, daß ich wußte, was los war, bevor wir einen Schritt getan hatten.

Sie war tot.

Wir traten an das Bett heran, Daniel auf der rechten Seite, ich auf der linken. Ich fühlte nach dem Puls, vier Finger nebeneinander. Keine Blutwelle würde jemals wieder durch diese Ader fließen.

Daniel stand vor dem Nachttisch. Ich sah, wie er ein Stück Papier aufhob. Er las es. Ich sah ungeheure Verblüffung in seinem Gesicht.

Dann reichte er der Zettel über die tote Agnes zu mir. Die Worte waren mit Bleistift geschrieben, mit brüchiger Schrift, voller Hast:

‹Walter hat recht. Ich hasse ihn.›

Mein Blick begegnete Daniels Augen. Wir mußten uns sehr ähnlich sehen in diesem Augenblick.

«Verstehst du -»

Neben uns räusperte sich jemand.

Daniel fuhr blitzschnell herum. Er hatte die Pistole in der Hand, bevor er die Tür sehen konnte. Niemand war im Zimmer. Niemand außer uns und der Toten.

Dann zog sich mein Zwerchfell zusammen und wurde zu einer harten Platte aus Eis.

Der Rektor fragte: «Nun, meine Herren? Zweifeln Sie noch an meiner Geschichte?»

Es war ein höllischer Spuk. Er war nicht da und sprach. Ich fühlte feine, feuchte Perlen auf meiner Haut. Daniel hielt die Pistole auf die Tür gerichtet. Seine Augen waren ratlos.

Dann kamen leichte Schritte näher auf dem Flur. In der Tür erschien der Rektor. Wie Schopenhauer. Wie ein Mensch, der jedes Problem lösen kann.

Er sah uns und die Waffe in Daniels Hand. Langsam kam er näher. Am Fußende des Bettes blieb er stehen. Sein Gesicht war aus Granit.

«Jetzt sieht sie wieder aus wie vor langer Zeit», sagte er.

Daniel steckte die Pistole ein. Der Rektor sah ihn an.

«Sie wundern sich, Herr Kommissar? Das Rätsel ist einfach. Sie haben mich von unten sprechen hören. Auch Agnes konnte jedes unserer Worte verstehen. Der Lautsprecher ist hier.»

Er kam herüber auf meine Seite. Seine Hand faßte hinter die Bespannung, die das Kopfbrett des Bettes überzog. Eine runde Metalldose an zwei Drähten.

«Das Mikrophon ist unten in der Kaminuhr. Es ist auch eins im Mädchenzimmer und eins in der Küche. Agnes war mißtrauisch. Ihr schlechtes Gewissen zwang sie dazu. Sie wollte hören, was in ihrem Hause gesprochen wurde. Jedes Wort. Deswegen hat sie sich diese Anlage bauen lassen. Niemand wußte etwas davon.»

Daniel bewegte die Lippen. Sie waren trocken und spröde.

«Und - woher -?»

Der Rektor lächelte. Alle Faune und Satyre, die es gab, waren in diesem Lächeln.

«Ein Schüler, meine Freunde. Einer meiner treuen Schüler. Er war ausgezeichnet in den mathematischen Fächern. Er hat heute ein großes Elektrogeschäft. Er baute ihr diese Anlage. Vor einem alten Lehrer hat man keine Geheimnisse.»

Wir brachten kein Wort heraus.

«Ich wußte, daß meine Geschichte schwer zu beweisen ist. Ich wußte auch, daß sie in der letzten Nacht bestimmt zuhören würde, was Sie unten sprechen. Um zu erfahren, ob irgendein Verdacht gegen sie besteht. Deswegen bin ich gekommen. Ich habe meine Geschichte erzählt. Laut und deutlich. Sie mögen mich verurteilen. Ihr Tod ist der Beweis, der uns fehlte.»

Er sah das Blatt, das ich noch immer in der Hand hielt. Vorsichtig zog er es aus meinen Fingern.

«Ja. Ja, das ist ihre Schrift. Fast noch genauso wie vor zweiundfünfzig Jahren, als sie Einsen in ihren Arbeiten schrieb.»

Langsam taute die Eisplatte in meinem Körper. Sehr langsam. Es war nicht schlimm gewesen. Es war nichts gegen die Höllenqual, die Agnes ausgestanden hatte, als sie die Stimme des Rächers hörte über ihrer Stirn.

Daniel drehte sich um. Er griff zur Nachttischplatte. Seine Finger hielten zwei kleine Flaschen. Sie waren beide leer.

Digitalistropfen.

Eine der Flaschen war ganz neu. Das rote Papier, das die Kappe verschloß, lag auf dem Nachttisch.

Es war die Flasche, die ich mitgebracht hatte für die Reise. Agnes hatte sie angetreten, und sie war weiter fort, als je ein Flugzeug sie tragen konnte.

Auf dem Nachttisch stand noch ein leeres Wasserglas mit einem dünnen bräunlichen Bodensatz. Und daneben das Bild. Querformat und Silberrahmen. Fünf Mädchen aus einer Klasse. Fünf Gräber auf einem Friedhof.

Daniel stellte die Flaschen zurück. Er hob langsam den Hörer des Telefons ab, das an der hinteren Kante der Nachttischplatte stand. Er betrachtete ihn schweigend. Dann hielt er ihn plötzlich zu mir herüber.

«Michel - sieh mal!»

Ich verstand ihn nicht. Er klopfte auf den Sprechtrichter.

Dann sah auch ich es.

Der Apparat war ein altes Modell mit großem Gehäuse und vernikkelter Wählscheibe. Der Hörer war abgegriffen und matt. Aber der Sprechtrichter glänzte, und kein Riß durchzog die Lackschicht.

«Neu», sagte Daniel. «Deine Geschichte stimmt. Sie hat einen neuen Trichter gebraucht. Der alte ist verbrannt - als sie hineinschoß und Bertha ermordete.»

Mit einer schnellen Bewegung zog er die Schublade auf. Wir alle sahen den kleinen Revolver auf seiner Handfläche. Ein blinkendes, niedliches Spielzeug.

Die Trommel klickte leise, als Daniel sie drehte. Nacheinander fielen die blinden Hülsen heraus. Bis auf eine. Eine saß fest. Sie war abgeschossen und klemmte.

«Das konnte nur Agnes einfallen», sagte der Rektor.

«Eingefallen ist es einem anderen», antwortete Daniel. «Aber sie fand es gut.»

Er wandte sich dem alten Mann zu.

«Ich bin in Ihrer Schuld, Herr Professor. Sie haben meine Arbeit getan.»

Der Rektor legte seine Hände auf die untere Kante des Bettes.

«Danken Sie mir nicht», sagte er ernst. «Ich weiß noch nicht, ob ich recht gehandelt habe. Aber vielleicht ist es das beste so. Sie hat ihren Frieden. Wir sind nicht ihre Richter.»

Er ließ das Bett los, trat einen Schritt zurück.

«Darf ich gehen, Herr Kommissar?»

Daniel nickte stumm. Wir folgten dem alten Mann bis hinunter zur Vorhalle. Ich half ihm in den Mantel.

«Gute Nacht, meine Herren», sagte er. «Gute Nacht. Bald wird es wieder hell.»

Vor der Tür wandte er sich um. Er schwenkte seinen Hut im Halbkreis gegen uns. Sein Haar leuchtete fahl. Dann verschwand er im Dunkel, wie ein schweifender Geisterfürst, den die Nacht freigelassen hatte für sein Rachewerk und den sie nun wieder verschluckte.

Nebeneinander gingen wir die Stufen hinauf. Im Kamin glühten noch einige Scheite dunkelrot. Daniel machte Licht. Er sah sehr müde aus.

«Hut ab vor einem alten Rektor», sagte er. «Trinkst du noch einen mit?»

«Gleich», sagte ich. Ich ging zum Telefon und hob ab.

«Mechthild?» fragte Daniel hinter mir.

«Hm.»

«Willst du ihr erzählen, wie ihre Tante gestorben ist?»

«Nein.»

Ich wählte. 896972. Sie war sofort da.

«Ich bin es», sagte ich. «Alles in Ordnung, Mechthild. Der Fall ist erledigt.»

«Erledigt?» fragte sie verwirrt. «Habt ihr denn den –»

«Es gibt keinen Mörder mehr. Morgen erzähle ich alles.»

Sie schwieg. Ihr Atem streichelte mein Ohr. Ich schluckte.

«Es kommt nun doch so, daß Sie allerhand erben», fuhr ich fort. «Sie brauchen nicht mehr zu arbeiten. Ich such mir eine andere.»

Keine Antwort.

«Wenn du willst, kannst du bei mir bleiben», sagte ich mit heißem

Hals. «Ohne Gehalt natürlich. Du hast jetzt genug Geld.»

«Geizkragen», sagte sie zärtlich. «Ich bleibe. Ohne Gehalt.»

Ihre Worte klangen wie Musik.

Als ich mich umwandte, sah ich Daniels Grinsen. Er hielt mir ein Glas hin. Die Flasche war leer.

«Hab ich dir nicht gesagt, daß du heiratest, wenn die letzte alte Dame tot ist?»

«Jawohl, Herr Trauzeuge. Komm morgen abend. Sie wird auch da sein.»

Wir tranken aus.

«Kann ich auch abhauen, Dan?»

«Kannst du. Den Rest mach ich.»

Ich blieb stehen und schüttelte den Kopf.

«Selbstmord. Und ich halte ihr noch 'n schönen Vortrag über Digitalis. Und bringe ihr was mit, damit sie genug da hat.»

«Mach dir keine Gedanken. Der Alte hat recht. Es ist das beste. Für sie und für uns.»

«Das Horoskop», sagte ich. «‹Ihr Eingreifen löst manches Problem! Alles gelingt, nur Herzenssachen nicht. Ehewünsche müssen Sie zurückstellen.›»

«Die Sterne können nichts dafür», erwiderte Daniel.

Als ich nach meiner Mappe greifen wollte, kam mir ein Gedanke.

«Dan - hast du was dagegen, wenn ich mir das Bild mitnehme? Das vom Nachttisch. Zur Erinnerung an - an alles.»

«Nimm es mit», sagte er.

Ich ging noch einmal hinauf. Agnes lag in unendlicher Ruhe. Ich nahm behutsam das Bild aus dem Rahmen. Hinter vier Namen auf der Rückseite war ein Kreuz. Nichts hatte sie vergessen. Ich zog meinen Federhalter heraus und malte das letzte Kreuz zwischen die anderen.

Dann sah ich sie noch einmal an. So war sie mir entgegengekommen, damals in Jennys Wohnung.

Das Haar weiß und glänzend und sauber hochgesteckt, wie eine gepflegte Perücke. Eine Haut wie Marzipan, kaum ein Fältchen darin. Ein mildes, wohlwollendes Gesicht voller Hoheit. Ein Gesicht, in dessen Gegenwart man sich schämen mußte, einen bösen Gedanken zu denken, mit einer Stirn, hinter der auch niemals ein böser Gedanke gedacht worden war. Eine Frau, die man nur zu sehen brauchte, um sie sich als Großmutter zu wünschen. Eine Frau, die es gar nicht mehr gab in unserer Zeit.

Wirklich die reizendste alte Dame, die ich jemals gesehen hatte.

Ludwig Holberg

Niels Klims unterirdische Reise

worinnen eine ganz neue Erdbeschreibung
wie auch eine umständliche Nachricht
von der fünften Monarchie, die uns bisher
ganz und gar unbekannt gewesen,
enthalten ist.

Aus dem Büchervorrat Herrn B. Abelins,
anfänglich lateinisch herausgegeben,
jetzt aber ins Deutsche übersetzt.
Verlegt von Christian Gottlob Mengel,
Copenhagen und Leipzig 1748

Wiederentdeckt von
Herrn Ekkehard Hieronimus.

Mit Illustrationen von Wolfgang Fratzscher.
Der Sprache unseres Jahrhunderts behutsam
angeglichen von Hans Adolf Neunzig.
Verlegt beim Christian Wegner Verlag,
Hamburg 1970

rororo neu

MANFRED BACHER, Immer bin ich's gewesen! / Mit 22 Illustrationen von G. Bri [1375]
TRUMAN CAPOTE, Kaltblütig [1176/77]
TINA CHRISTIAN, Verdammtes kleines Luder / Roman [1400]
A. J. CRONIN, Doktor Finlays Praxis / Roman [1383]
GERALD DURRELL, Zoo unterm Zeltdach / Als Tierfänger in Kamerun [1366]
ALICE M. EKERT-ROTHOLZ, Elfenbein aus Peking / Sechs Geschichten [1277]
ALEXANDER ELIOT, Love Play / Eine Romankomödie [1271]
SUMNER LOCKE ELLIOTT, Leise, er könnte dich hören / Roman [1269/70]
HANS FALLADA, Ein Mann will nach oben / Die Frauen und der Träumer [1316–19]
RENÉ FALLET, Ein Idiot in Paris / Roman [1399]
PAUL GALLICO, Jahrmarkt der Unsterblichkeit / [1364/65] – Freund mit Rolls-Royce / Roman [1387]
RENATO GHIOTTO, Die Sklavin / Roman [1388–90]
RICHARD GORDON, Der Schönheitschirurg / Roman [1346/47]
JOHN GORDON-DAVIS, Die Beute / Roman [1379–81]
RENÉ GOSCINNY, Prima, Prima, Oberprima! Tips für Schüler, Lehrer und leidgeprüfte Eltern / Mit Zeichnungen von Cabu [1256]
ROBERT GOVER, Ein Hundertdollar Mißverständnis / Roman [1449]
GRAHAM GREENE, Leihen Sie uns Ihren Mann? Komödien der Erotik [1278]
GEORGETTE HEYER, Brautjagd / Roman [1370/71]
MERVYN JONES, John und Mary / Jeder Tag beginnt bei Nacht [1320]
DORIS LESLIE, Ich singe von Bett und Galgen / Roman [1397/98]
THYDE MONNIER, Wein und Blut / Roman [1321]
BRIAN MOORE, Ein Optimist auf Seitenwegen [1295/96]
JOHN MOORE, Septembermond / Roman [1372–74]
ALBERTO MORAVIA, Der Ungehorsam / Roman [1238]
EDNA O'BRIEN, Der lasterhafte Monat / Roman [1261]
PETER O'DONNELL, Modesty Blaise – Die Lady reitet der Teufel [1304/05]
FLORENCE ENGEL RANDALL, Denn die Nacht ist verschwiegen [1307/08]
A. ROTHBERG, Der Tod hat tausend Türen / Roman [1362/63]
THÉRÈSE DE SAINT PHALLE, Ein Mann in den besten Jahren / Roman [1382]
JOHANNES MARIO SIMMEL, Begegnung im Nebel / Erzählungen [1248]
JUNICHIRO TANIZAKI, Naomi oder Eine unersättliche Liebe [1335]
URSULA TRAUBERG, Vorleben / Mit einem Nachwort von Martin Walser [1330/31]
THADDÄUS TROLL, Deutschland deine Schwaben / Vordergründig und hinterrücks betrachtet. Mit 31 Illustr. von Günter Schöllkopf [1226]

«Für mich ist Martin immer noch der beste deutsche Kriminalerzähler.»
Abendzeitung, München

«Martin ist modern, frech und jung genug, um die Probleme unserer Gegenwart nicht nur mit den Augen des routinierten Schriftstellers zu erkennen, sondern um sie mit dem Engagement des Beteiligten auch in seinen Kriminalromanen zu verarbeiten.»
Jürgen Roland / Norddeutscher Rundfunk

Hansjörg Martin

Gefährliche Neugier [2069]
Für das Fernsehen verfilmt

Kein Schnaps für Tamara [2086]
Von Hans-Jürgen Poland verfilmt.
Empfohlen vom Borromäusverein.

Einer fehlt beim Kurkonzert [2109]
Von Jürgen Roland für das Fernsehen verfilmt.

Bilanz mit Blutflecken [2138]

Cordes ist nicht totzukriegen [2146]
Auch dieser Kriminalroman wird demnächst verfilmt.

Meine schöne Mörderin [2161]

Rechts hinter dem Henker [2167]

Blut ist dunkler als rote Tinte [2190]

erschienen in der Reihe rororo thriller